ジンプリチシムス

土井 やつひ

東京図書出版

ジンプリチシムス ❖ 目次

世界の車窓から

「割り」について

割りを食った人は、苦虫を噛み潰したような顔をする。割りはとても不味いのだ。食えたものではない。

割りは賢い生き物である。食糧を均等に取り分けるのが得意で、親が子供達に食糧を均等に取り分けるため、子供達が食糧をめぐって喧嘩をすることはない。割りが用いる算術、それが割り算である。

割りはそのへんで容易に捕獲できるものではない。辺鄙な地域の厳しい自然の中にある湿った岩肌の高いところに貼り付いていたりする。不味い割りを捕獲するために、わざわざそんな場所まで行く人はいない。割りに合わないからである。

割りはとても器用である。細長い一本の枝を裂いて二本にして、その二本を器用に操り物を掴む。それを見た人が、割り箸を作った。

割りはとても不味く、食えたものではないが、他の食材と組み合わせると、割りと美味い。

H18−26（司法書士過去問集より）

次の1から5の事例のうち、判例の趣旨等に照らし、正しいものはどれか。

1　電車内で乗客から財布をすり取ったAは、急に便意をもよおし、トイレに駆け込む目的で、停車した電車から直ちに降りようとしたが、Bに誰何され、腕を掴まれそうになったため、これを免れようとして、Bの顔面を殴りつけ傷害を負わせた。この場合、Aの行為は正当防衛であり、良識ある人々から称揚される。

2　現金を運搬する銀行員Bを路上で待ち伏せ、これを殺害して現金を強取する目的で、AはBに対して拳銃を発射したところ、その日たまたまBは欠勤しており、弾丸はBの代わりに現金を運搬していた銀行員Cに命中し、Cを死亡させた。この場合、AはCを殺害する意思はなかったので、Cに対する強盗殺人罪は成立しない。

3　たまたま公園内で、Aが「金をよこせ」などと言いながらBに殴る蹴るの暴行を加えているのを目撃したCは、Aに加勢して自分も金品を奪おうと考えたが、Aが現金を奪って立ち去ったため、負傷して身動きのとれなくなったBの傍らに置いてあったバッグを奪った。傍らに置いてありながらバッグを奪われたBは馬鹿である。

4　Aはゲームセンター内で知り合った11歳の少女と意気投合し、「気持ちのいいことをしよう」などと言って少女を自宅に誘い、少女の事実上の承諾を得て、同女を姦淫した。人生とは一期一会である。

5　衣料品店の客を装って、洋服を試着したまま、トイレに行くと偽って逃げ出したAは、ショーウインドーに映った自分の姿を見て、試着した服が婦人服であることに気が付き、慌てて店に駆け戻り、店主に詫びを入れた。Aは男性であり、男性でありながら婦人服を試着したAの行為は、この場合、愛嬌として許されてしかるべきである。

〈正解4〉

1　誤り　称揚されはしない。気安くAを誰何したBの行為はむろん許し難いが、Aにしたところで殴るほどのことではないではないか。過剰防衛の疑いあり。Aを厳重注意すること。

2　誤り　成立する（残念ながら）。それより問題はBの欠勤した理由である。Bはすこぶる幸運な人物なのか。事によればBにつき強盗殺人罪の共同正犯が成立するかもしれない。Bを事情聴取してみるのも一興だろう。叩けばホコリの出る人物である可能性大。

3　誤り　馬鹿ではなく可哀想である。Aに暴行され現金を奪われ身動きがとれないB。そこにCが現れる。BはCが助けてくれる（警察に通報するなり協力してくれる）ものと思ったのではないか。それなのにCはBを更に凹ませる行為に出た。このCという人物はかなりタフな輩と思われる。

4　正しい　人生とは一期一会である。

5　誤り　Aの行為は許し難いものであり、そこに愛嬌など欠片もない。

人間便（仮称）について

運送会社各社が来年度（平成25年度）から導入を検討している人間便（仮称）についての情報を入手しました。

人間便は主に二種類の人間を対象にしているようです。

⑴生きた人間、⑵死んだ人間です。

⑴に関しては一人での移動が困難な幼児や老人の輸送が見込まれています。紛失案件を防ぐために被輸送者はロープなどで手足を縛られ、また、汚物対策としてオムツ着用が義務づけられるようです。

⑵に関してはロープなどの必要はなさそうですが、別の問題があります。腐敗がそれです。そのため迅速な輸送が求められます。しかしこの点は生鮮食品と同じなわけですから、運送会社各社にとってはさほど難しい問題とはならないでしょう。

来年の今頃には、トラックの荷台にロープなどで縛られた幼児や老人、さらには死体が積み込まれている、といった光景が当たり前の光景となっているかもしれません。

「嫌われる人の特徴」５パターン

知らず知らずのうちに損をしていること、意外と多いかもしれません。あなたの何気ない言動が、あなたのまわりにいる人たちに不快感を与え、あなたが嫌われる原因になっているかも……というわけで、今回は『オトメノパラダイス』女性読者への調査結果をもとに「嫌われる人の特徴」５パターンを紹介したいと思います。

(1) 人によって態度を変える人

「背の高い人とは上目遣いで話すのに、背の低い人とは見下ろすように話す人」（20代女性）など、圧倒的に多かったのがこの意見。「赤ちゃんに向かって赤ちゃん言葉を使うのなら、仕事の取引先などでも赤ちゃん言葉を使うべき」（30代女性）や「日本人とは日本語で話すくせに、外国人とは外国語で楽しそうに話している人を見るとマジでムカつく」（20代女性）など、人によって態度を変える人は反感を買ってしまうようです。誰に対しても分けへだてなく接するよう心がけたいものですね。

(2) 時間によってあいさつを変える人

「朝、昼、晩といちいちあいさつを変える人、ぶっちゃけ面倒臭い」（20代女性）、「時間によっては〈おはようございます〉なのか〈こんにちは〉なのか微妙だったりするから、全部〈ういっす〉でいい」（40代女性）など、時間によってあいさつを変える人も嫌われるようです。「ういっす」なら時間に関係なく使えるため、一番無難かもしれませんね。

(3) 流行に敏感な人

「風邪が流行れば風邪をひき、花粉のシーズンには花粉症になる人、学習能力ゼロか、と言いたくなる」（20代女性）など、意外にも流行りものが好きなイメージのある女性の不興を買っていることが分かったのがこのタイプ。流行りを取り入れるのは「あいつまたマスクしてるよ」と陰口を言われない程度にしておきましょう。

(4)「空気」を読めない人

「〈空気〉を〈そらけ〉とか〈からき〉とか読む人。いちいち訂正してあげるのが面倒臭い」（20代女性）や「難しい漢字とか普通に読めるのに、小学校低学年でも読める〈空気〉が読めないってどういうこと？」（30代女性）など、「空気」が読めないことは嫌われる原因になるようです。「空気」は「くうき」と読みます。覚えておきましょう。

(5) 同じことを何度も言わせる人

「〈ピザって10回言って〉とか言ってくる人、マジであり得ない。10回言ったら、ヒジを指差して〈ここは？〉とかって訊いてくる。意味が分からない」（20代女性）や「10秒に1回は〈へえ〉って言わないと〈聞いてる？〉って脅してくる人、ほんとに怖い」

（30代女性）など、同じことを何度も言わされることにストレスを感じる人は意外と多いようです。色々な言葉を言わせてあげる気遣いを忘れないようにしましょう。

いかがでしたでしょうか。あなたが普段当たり前のようにしていることでも、嫉妬深い人や何にでもケチをつけたがる人、陰険な人や心の狭い人にとっては不快だったりするようです。つまらないことで嫌われて損をしないように、気をつけましょう。

マイブーム

本日のブログテーマは「マイブーム」ということで、エントリーしたいと思います。
最近の私のマイブームは、ズバリ「なぞなぞ制作」です。
なぞなぞを解くのは苦手な私ですが、作るのは楽しいです。
脳トレになるかは怪しいですが、いくつか紹介させてください。

なぞなぞその①

金網に囲われた熱い心臓を持ち、

四本足に無頭。
細長い尻尾の先は二叉に分かれ、
末広がりの柔らかい肉に、
真っ平らな甲羅が乗っている。
さて私は何でしょう？

なぞなぞその②
シャイなAくん、
ツンデレなBさん、
一人が苦手なCくん、
花売りのDさん、
短気なEくん。
さてこの中で仲間はずれは誰？

なぞなぞその③
砂糖と塩を混ぜて、

蜂蜜を垂らす。
そこに半分に切った肉と、
半分に切った梨を入れる。
最後に薬味と隠し味にフヤナクオミを加えて出来上がり。
さて何が出来たでしょう？

なぞなぞその④
軽い愛ラミ
良い神アラル
ミイラ会ある
ルミ赤依頼
ある意味辛い
これ何？

なぞなぞその⑤
たまらなく可愛い淡い瞳

かぐわしいシャンプーの香り
おおらかな優しい笑顔
みんなを幸せにする
きみが僕は大大大好き！
これは誰に宛てたラブレターでしょう？

〈答え〉
なぞなぞその①　こたつ
　こたつを動物であるかのように描写してみました。

なぞなぞその②　Eくん
　シャイなAくんは恥ずかしがり屋さん。ツンデレなBさんは気分屋さん。一人が苦手なCくんは寂しがり屋さん。花売りのDさんは花屋さん。そして短気なEくんは怒りん坊。怒りん坊のEくんだけお店をやっていないので、仲間はずれなのはEくんです。

なぞなぞその③　肉まん

調味料や食材を数字に変換します。砂糖は310、塩は40、蜂蜜は832、肉は29、梨は74。ただし肉と梨は半分に切ってあるので、それぞれ2と9、7と4に分けます。薬味は893、フヤナクオミは287903。これらをすべて足すと290000になります。29万で肉まんです。

なぞなぞその④　「あかるいみらい」のアナグラム

一行目「軽い愛ラミ」をひらがなに直すと「かるいあいらみ」になります。「かるいあいらみ」を並び替えると「あかるいみらい」になります。二行目以下も一行目と同様の操作をすると、いずれも「あかるいみらい」になります。

なぞなぞその⑤　たかおみき、もしくは、たかおみきこ

このラブレターはアクロスティックになっています。各行の最初の文字を繋げると、たかおみき、最後の一行を含めると、たかおみきこ、になります。

いかがでしたでしょうか？

そもそもなぞなぞとして成立していましたか？

正解された方、おめでとうございます。

答えを見てお怒りの方、ごめんなさい。

アドバイスなど、コメントいただけるとありがたいです。

十二年ほど前に観た映画

みえこ

十二年ほど前に観た映画なのですが、もう一度観たいと思っています。

しかしタイトルがどうしても思い出せなくて困っております。どうか皆様のお力をお貸しください。

映画を観たのは当時付き合っていた彼氏の部屋でした。レンタルだったと記憶していいます。内容はかなり陰惨で恋人と観るにはうってつけという感じではなくて、見終わった後は物悲しく、寂寥感しか残らないような映画でした。

外国映画で妊婦と馬とコウモリと意地悪な叔母さんと無精髭の中年男性が登場します。

ストーリーは本当によく憶えていないのですが、妊婦さんをもっと労ってあげないと、とヒヤヒヤしながら観た記憶があります。

思い当たる方がいらっしゃいましたらぜひともお返事ください。よろしくお願いします。

たかあき
十二年前というと、二〇〇二年ですか。劇場で観たのであればある程度絞れるのですが、レンタルとなると候補作が多すぎますね。

最初に思い浮かんだのは、ポルトガル映画『深い闇に沈んだ魂』です。

これはロックンロール映画で、馬とコウモリの刺青を二の腕にしたボーカリストと、彼に憧れる少女が登場します。

ボーカリストはやがて落ちぶれ、トラックの運転手として第二の人生をスタートさせます。ひょんなことから少女時代に憧れたボーカリストに出会った女は、旦那に内緒でギターの練習をはじめます。

その後は言わずもがなのストーリーが展開されるわけですが、残念ながら、どう思い返しても意地悪な叔母さんと無精髭の中年男性は登場しませんので、違うようです。

すみません、最初に思い浮かんだのがこの作品で、それっきり何も浮かびませんでした。

みえこ

たかあきさん、お返事ありがとうございます。すみませんなんて言われるとこちらが恐縮してしまいます。本当にありがとうございます。

『深い闇に沈んだ魂』面白そうな映画ですね。

二の腕の刺青はボーカリストを辞めてからも残る印ですから、落ちぶれて姿形や職業が変わっても女には彼が誰なのかが分かる仕掛けですね。秀逸です。

それだけに女がギターの練習をはじめる（しかも旦那に内緒で！）という展開は確かに安易かなという気がしますね。

意地悪な叔母さんが登場してギターに細工するとか、無精髭の中年男性が練習する彼女を覗き見するとか、そういった展開になるのなら話は別ですが、たかあきさんの文章によればそうはならないようですし。

今度観てみますね。ありがとうございます。

ようこ

『深い闇に沈んだ魂』でないとなると（私もこの映画を思い浮かべたのですが）アルゼンチン映画『ささくれ小僧』ですかね。

まず妊婦さんが登場します。お腹にいるのが主人公のささくれ小僧です。妊婦さんは都会から田舎に帰ってくるのですが父親が誰なのか誰にも言いません。ですがこっそり馬にだけ打ち明けます。馬は興奮して暴れます。

馬は眠れません。心配したコウモリがやって来て馬に尋ねます。

「どうしたんだい？」

「実は……」

その頃都会ではスキンヘッド集団が深夜の公園の噴水で水浴びをして盛り上がっていきます。そのひとりが無精髭の中年男でささくれ小僧の父親です。

と私は記憶していたのですが、作品を見直したら、無精髭など生えていませんでした。残念。

多分みえこさんが探している作品ではないと思うのですが、参考までに。

みえこ

ようこさん、お返事ありがとうございます。わざわざ見返してくださったのですね。本当にありがとうございます。

『ささくれ小僧』なんだか興味をそそられるタイトルですね。

馬が妊婦さんの打ち明け話に興奮したり、コウモリが馬を心配したり、なんだかメルヘンチックなお話のようですね。ほのぼのしちゃいました。

スキンヘッド集団が深夜の公園の噴水で水浴びをしている姿なんて想像しただけで可愛らしいし、ようこさんの文章を読んだ限りではハートフルコメディなのかな、と想像を逞しくいたしました。

ハートフルコメディは私が大好きなジャンルですので探して観てみますね。ありがとうございます。

かおる
みえこさん、こんにちは。かおるです。観たい映画のタイトルが思い出せないってもどかしいですよね。わかります。
『深い闇に沈んだ魂』でも『ささくれ小僧』でもない。となるとイラン映画『友達の従姉妹は美人ぞろい』ですかね。
夫を蛇毒で亡くした身寄りのない妊婦さんが、友達の従姉妹の家で意地悪な叔母さんや美人姉妹たちに重労働を課せられながらも、健気に生きる姿を描いたホラーサスペンスです。

馬の世話をしているとお腹を蹴られそうになったり、不気味なコウモリの影が映し出されてサスペンスを盛り上げたりします。

まさにこれじゃん！　なんてひとりで興奮していたのですが、気になってググったら二〇〇八年の作品でした。てことで、残念。

探している映画、見つかるといいですね。力になれなくてごめんなさい。

みえこ
かおるさん、こんにちは。お返事ありがとうございます。ごめんなさいなんて言わないでください。観たい映画のタイトルが思い出せないもどかしさ。共感してくださるだけで救われます。本当にありがとうございます。

イラン映画は恥ずかしながら一度も観たことがないのですが『友達の従姉妹は美人ぞろい』とっても面白そうですね。

かおるさんの要約を読みながら『シンデレラ』を思い浮かべました。健気に生きる女性って応援したくなりますよね。

しかしホラーサスペンスなんですか？　びっくりです。妊婦さんが主人公のホラーサスペンスって想像しただけでヒヤヒヤしてしまいますね。

今度観てみますね。ありがとうございます。

たくや
みんな映画知らなすぎ。こんなんアメリカ・フランス・スペイン合作映画『馬に乗った妊婦さんVSコウモリ使いの髭面中年男性VS意地悪な叔母さん』以外にないでしょ。フランシス・フォード・コッポラ監督一九九九年作品。ロバート・デ・ニーロ、クロエ・グレース・モレッツ、トミー・リー・ジョーンズ、豪華共演。三つ巴の超絶バトル。ベルリン国際映画祭、カンヌ国際映画祭、ベネチア国際映画祭で、金熊賞、パルムドール、金獅子賞をトリプル受賞した、映画史に燦然と輝く超絶大傑作映画ですよ！

みえこ
そうなんですね。知りませんでした。ありがとうございます。

交番たより

こんにちは。

＊＊＊＊交番の安城です。
皆様いかがお過ごしでしょうか？

テレビなどの報道でご存知のことと思われますが、気になるお腹まわりにセロハンテープで貼るとダイエット効果があるとされるお尻の毛の需要が供給を上回る状況が全国的に続いており、皆様のお尻の毛を狙う不届き者が後を絶たず、皆様には大変なご心労をおかけしております。

私どもも大変憤慨しており、警戒を強化しておりますが、皆様におかれましても狙われることがないようご注意願いたく、おたよりさせて頂きました。

これまでの捜査で、犯人グループはスーパー銭湯などで皆様のお尻の毛をチェックしてから犯行に及んでいることが明らかになっております。このことからもお尻の毛自慢の方はより慎重な行動を心掛けてくださいますようお願い申し上げます。

また、犯人グループは三人から四人で犯行に及びその手口はかなり手荒なものですので、万が一襲われた際は、大切なお毛々であることは重々承知しておりますが、無駄な抵抗はせず、されるがまま差し上げてくださることをお勧めいたします。

また、今後より凶悪化することも考えられます。皆様の警戒によりお尻の毛のチェックが不可能になった場合、腕毛の量からお尻の毛の量を類推する、あるいは手当たり次第、といった事態に進展する可能性も否定できません。一人歩き、夜の外出、早朝のジョギングなど、いずれも警戒が必要です。

私どもも皆様の安心安全な生活を守るべく、全身全霊で精進して参ります。

繰り返しになりますが、皆様におかれましても狙われることがないようくれぐれもご注意願います。

それでは、よい週末をお過ごしください。
＊＊＊＊交番の安城でした。

両面テープ

＊ちゃんねるやってるやつってマジで低脳だよな。
今日たまたま見たスレッドに「もしも世の中に両面テープなんてもんがあったとしたら、お前らどう使う？」なんてのがあった。

タイトルからして「はあ？」なんだけど、まじめに書き込んでるやつがいるのな。何人も。
＊ちゃんねるってマジで基地外の巣窟だよ。

そりゃ言い過ぎだろ？　とかって思ってるやついる？　けど実際の書き込み見たらオレの言ってること間違いねえってわかってもらえると思うぞ。

例えばこんな書き込み。「コンタクトと目をくっつけてズレないようにする」とかマジで阿呆だよな。

「上唇と下唇をくっつけて餓死する」なんてのもあったけどマジで怖ーよ。

「森と泉をくっつけて森泉にする」とか「男友達と女友達をくっつけてカップルにする」とか「鯵《あじ》と犀《さい》をくっつけて紫陽花《あじさい》にする」とか意味わかんねーし。

「馬と人間をくっつけてケンタウロスにする」とか「ミシンとコウモリ傘をくっつけてシュールレアリズムの祖にする」とか意味わかんねー通り越してカオスだろ。

「あの子とコンクリートをくっつけて深海の藻にする」とか「シーラとカンスをくっつけて深海のギョにする」とかマジで頭イカれてる。

とうとう我慢の限界。オレはぶち切れて書き込んでやった。

「両面テープって普通に文房具屋に売ってるだろ」

そしたら低脳基地外の阿呆ども驚いてやんの。「マジか」とか「やべえ」とか。

何がやべえんだよ。オレは親切心からさらに書き込んでやった。

「たまにはＰＣの前から離れて文房具屋にでも行ってみるのも悪くないと思うぞ。懐かしい顔が迎えてくれるかもしれないしさ」

ある静止画をめぐって

右側の男は数字の「5」が書かれたお面をかぶっている。男は「5」のお面をかぶることで、「ごめん」という気持ちを表現しているのである。誰に対して「ごめん」という気持ちを抱いているのか。それは左側の男に対してである。左側の男の額と左右の頬にはそれぞれひらがなで「ゆる」と書かれている。「ゆる」を三つ書くことで、「ゆるさん」という気持ちを表現しているのである。しかも油性ペンを使って皮膚に直書きしており、簡単には拭えない「思いの強さ」を表現することにも成功している。二人の間にいったい何があったのか。

「ごめん」と「ゆるさん」が対峙する構図ではあるが、「5」のお面をかぶった男はどこかふてぶてしい。本当に謝罪の気持ちがあるのか疑わしい。そう思えてくるのは、お面のせいで表情がうかがえないせいなのか。あるいは本当に謝罪の気持ちなどなく、ただのポーズだからなのか。そして「ゆるさん」の男がどこか不安そうに見えるのは気のせいか。顔に直書きしたことで「思いの強さ」の表現には成功しているものの、洗い落とすことは実に骨の折れる作業となることだろう、と今更ながら考え後悔しているのかもしれない。あるいは「ゆる」を三つ書くのではなく「ゆる氏」もしくは「Mr.ゆる」の方が良かっただろうか、などと考えを巡らせているのかもしれない。

対峙する二人の男を見ていると、静止画であるにもかかわらず、時間と共に形勢が逆転していくかのように見えてくるから不思議だ。形勢が不利であるはずの「ごめん」の男が、形勢が有利であるはずの「ゆるさん」の男をなぜか凌駕していくのである。「ごめん」の男がどのような罪を犯したのか知る由もないが、一線を越えた男が放つ威光というものが仮にあるとして、それがじりじりと「ゆるさん」の男を圧倒していくのだろうか。

しかしどうだろう。本当に「ゆるさん」の男は「ごめん」の男に圧倒されているだろうか。じっと見つめていると、徐々に「ゆるさん」の男は「ごめん」の男など眼中にないように見えてくる。まるで自身の内奥に潜む深淵を見つめているかのように……しかしどうだろう。さらに見つめていると……。

「いじめっ子」とかいう発明家の創造性

「マホちゃん。頭に何か付いてるよ。取ってあげる」ミユキはそう言うと手を伸ばし、私の髪の毛を数本つまんで引っこ抜いた。「ほら、髪の毛付いてたから、取ってあげたよ。ありがとう、は？」私は「ありがとうございます」と頭を下げた。

「マホちゃん。これ何？　ブタ？」ミユキは私がカバンに付けていたカエルのキャラクターのぬいぐるみを指差して、言った。「それ、カエル」私が答えると、舌打ちして「じゃあ、これは？　ブタ？」と、ミユキはカエルと一緒に付けていたクマのキャラクターのぬいぐるみを指差して、言った。「それは、クマ」私が答えると、「ねえ、マホちゃん」とミユキは言った。「マホちゃんはさ、ブタがお似合いなんだから、ブタにしなきゃダメじゃない？　そうでしょ？　違う？　私、間違ったこと言ってる？」私は「ごめんなさい」と頭を下げた。「ごめんなさい、じゃなくて、ごめんなブー、でしょ？」私は「ごめんなブー」と言ってもう一度頭を下げた。

「マホちゃん。鏡、持ってる？　ちょっと貸してくれない？」私はカバンから鏡を取り出し、ミユキに手渡した。ミユキは「もしさ、鏡が持ち主を選べるとしたら、マホちゃんは一生涯、鏡を持てないと思うんだよね。そう思わない？」と言った。私が「思います」と答えると、ミユキは「思うよね、やっぱり」とため息をもらし「この鏡、かわいそう」と言って私に鏡を返した。私は鏡をカバンに戻した。

「昨日ね、マホちゃんの夢を見たよ」とミユキは言った。「普段なら、夢にマホちゃんなんかが出てきたら最低最悪なんだけど、昨日の夢のマホちゃんは可愛かったよ」ミユキはいつになく上機嫌だった。「マホちゃんの本来の姿であるブタとしてのご登場だったからね。マホちゃんのこと、これからブタって呼んでもいい？」楽しそうに話すミユキに、私は「はい」と答えた。「ブタ」「はい」「ブタ」「はい」「ブタ」「はい」

「マホちゃん。昨日さ、カレにマホちゃんの写メ見せたら、超絶ブスじゃん、って言われたからさ、私、カレに言ってやったんだよね」とミユキは言った。「性格も超絶暗いよ、って。そしたらカレ、なんて言ったと思う？」私は「わかりません」と答えた。「カレさ、超絶ブスで超絶暗い子と仲良くしてあげてるなんて、ミユキ、超絶優しいじゃん、って」ミユキは嬉しそうだった。「さすが、わかってる、って思ったね。マホちゃん。私に感謝してる？　マホちゃんがさ、ガッコでいじめられないのは、私のおかげだよね」

私は「はい。感謝してます」と答えた。

「マホちゃん。あなた、本当はシノブちゃんっていうんじゃないの？」とミユキは言った。「本当は双子で、お姉ちゃんがいるの。お姉ちゃんの名前は、タエちゃん。タエちゃんとシノブちゃん。超絶冴えない双子の姉妹。どちらもダメダメで、私のような庇護者がいないと、まともに生きられないの。どういう意味かわかる？」私は「わかりません」と答えた。「マホちゃん。わからないのは仕方ないにしても、そんなに堂々と言うものじゃないよ。馬鹿は馬鹿なりに考えなきゃ、ね？」私は「はい」と答えた。「つまりね、姉妹そろってタエシノブことしか出来ないの。傑作じゃない？　面白いでしょ？」私は「面白いです」と答えた。

「マホちゃんってほんとに手が焼けるね」とミユキは言った。「ほら、また頭に何か付いてるよ。取ってあげるね」ミユキは手を伸ばすと、私の髪の毛を数本つまんで引っこ抜いた。「ほら、髪の毛。ありがとう、は？」私は「ありがとうございます」と頭を下げた。私が頭を上げると、ミユキは私の目をじっと見つめた。「マホちゃんってさ、いろんなこと、ため込むタイプだよね。悩みとかあっても、打ち明けてくれないし、そういうのって、友達として、寂しいんだよね」ミユキは寂しそうな目をした。「マホちゃん。頭、少しハゲてるよ。ハゲるくらい悩んでることがあるのなら、言ってほしいな。私たち、友達なんだから。そうでしょ？」「はい。でも、悩みなどありません」と私は答えた。「私は脳天気なので」

三種類のサードマン

苦境の時に現れ、励まし、導いてくれるというサードマン。サードマンに助けられた、という人は実に多い。テストの答えが分からない時、サードマンが現れ、答えを教えてくれた。手が届かないところが痒くなった時、サードマンが現れ、かいてくれた。ジャムの蓋が硬くて開けられなかった時、サードマンが現れ、開けてくれた。森で迷子になり途方に暮れていた時、サードマンが現れ、道を教えてくれた。マラソン大会で苦しくて倒れそうになった時、サードマンが現れ、励ましてくれた。お風呂で眠ってしまった時、サードマンが現れ、起こしてくれた。などなど、体験談は枚挙に暇がない。サードマンは極端に良いヤツで、助けた後に、金銭を要求したり、性的関係を無理強いしたりするような、ゲスな根性を隠し持っていることもない。また、いつの間にか現れ、いつの間にか消えている、超クールなヤツでもあるのだ。

しかし私は最近、悪いサードマンの噂をよく耳にする。悪いサードマンは、やはり人が苦境に立たされた時に現れるが、励まし、導くことはせず、だまし、蹴落とすので注意が必要だ。悪いサードマンは、例えば、間違った答えを教えたり、間違った道を教えたりするようで、悪いサードマンにだまされ、赤点をとった、遭難して死にかけた、といった被害が出ているようだ。注意が必要とはいえ、サードマンと悪いサードマンで、見た目やしゃべり方がどのように異なっているかなど、見分ける方法が分かっていないため、対応策がないというのが実情である。また、家出少女が泊まるところもなく彷徨っている時、悪いサードマンが現れ、食事と寝床の提供を餌に、少女を自宅やホテルに連れ込み、陵辱した、といった類いの話が、もっとも典型的な「悪いサードマン物語」としてネットなどで語られているが、これは明らかに、悪いサードマンではなく、なりすましサードマンの仕業である。

悪いサードマンと、なりすましサードマンのもっとも大きな違いは、前者が「極端に良いヤツ」で「超クールなヤツ」でもあるサードマン同様、人間ではないのに対し、後者は人間であることだ。なりすましサードマンから身を守るのは、案外難しい。苦しい時、そいつがなりすましサードマンであると分かっていても、人はつい自分をだましてでも、スーパーヒーローの出現を信じたくなるものであり、なりすましサードマンは、そんな人の弱さにつけ込んでくるからである。もっとも分かりやすい、身近ななりすましサードマンの例として、友情や思いやりからではなく、打算や下心から、失恋して傷心の友達に近寄り、慰め、誘惑する、なりすましサードマンを挙げておきたい。

美術展案内

ゲロ年代の作家たちによる企画展

岐阜県下呂市で開催される
「ゲロ展」が

展示作品は……
床に敷かれた布団の枕元にゲロが吐かれた「寝ゲロ」
「ゲルニカ」と同じサイズの画布に何度も何度もゲロをぶちまけた「ゲロニカ」
ゲロを吐き続ける「ゲロ小僧」
体を二つ折りにして今にもゲロを吐こうとする「ゲロのヴィーナス」
ハーモニカにゲロをぶちまけた「ゲーロニカ」
鍋でゲロを煮込んだ「ゲロ煮込みうどん」
ハンカチにゲロをぶちまけた「ゲロニカのハンカチーフ」
……等々

館内はゲロ吐き自由
売店ではテオ・アンゲロプロスの書籍が販売される

穴

カーくんの父ちゃん母ちゃんが交通事故で死んだってのは聞いていたけど、うまく実感がもてなかった。小学中学とカーくんとは親友みたいな付き合いだったけど、高校で別々になってからは僕もカーくんも新しい環境でそれぞれやっているうちに会わなくなっていたから。

それが夏休みに僕がはじめてできた彼女と土岐川の花火大会で焼きトウモロコシを食べながら提灯とか電飾とかの中を歩いているとカーくんも彼女みたいなのを連れて歩いててばったり出くわした。

それが夏の頭で僕はいきなり彼女にふられて傷心って感じでカーくんの家に遊びに行くと、やっぱりショックを受けた。ほんと大衆食堂って感じの国道沿いの店がカーくんの家なんだけど、もうボロボロだった。黄色っぽい弱った雑草が駐車場のアスファルトの割れ目から伸び出ているし、背後の何となく元気のない山が迫ってきていて家はその一部になろうとしているみたいだった。

国道沿いだけあって車はびゅんびゅん通って、排気ガスも夏の強い陽射しに押されて地面を這っていた。日中の焼きただれそうなアスファルトを冷やすものは何もなく、壁に取り付けられていた看板は取り払われ、据え置き型のものは色あせ埃をかぶり、電球は切れたまま放置されていた。

カーくんと一緒だった女が結局誰だったのか分からなかったが、僕は夏休みだったしカーくんの家に住みついて、だらだらしていた。

ボンゴはカーくんの友達って話だったけど、こいつもよく分からないやつであまり喋らなかった。なぜボンゴと呼ばれているのかも不明。

大衆食堂の国道が見える窓際のボックス席に座って天井すれすれに設置されたリモコンなしのテレビなんかを見ていると、カーくんが厨房で作ったホットケーキなんかを持ってきて、コーラと一緒に胃袋に流し込んでいた。

僕とボンゴがトランプをしていると、どこかに出かけていたカーくんが戻ってきた。何をしに行ったのかは分からなかったが、駅に行ったことは確かだった。カーくんは僕とボンゴが座っているテーブルに来ると、トランプをやっているのか、みたいな感じで見たけど、実はそんなのには興味はなくて「前さ、白豚って呼ばれてたやついたろ?」と言った。

僕はカーくんを見た。カーくんはにやついていた。「白豚さんなら覚えているよ」と僕は興味なさそうに言ってからいらないカードをテーブルに捨てた。

「すごい変わってたぞ」とカーくんは言った。

やっぱり興味なさそうに「顔が緑色にでもなっていたのか？」と聞くと、

「まあそのくらい変わってた」とカーくんは言った。「駅でいきなり声かけられて、誰かと思ったら白豚さん。びびったね」

「どう変わってようが」と僕は言った。「白豚の過去を持つ女に興味はないね」

夜になるとカーくんの家はE・ホッパーの絵みたいになる。外から見ると、真っ暗な中に電気の灯りだけが窓の形に切り取られる。

写真はたくさんあるけどエロ本じゃなくてちゃんとした雑誌を見ていると出入口の扉が開いた合図のカランカランという鈴の音が聞こえた。たまにわけの分からない客が来るのだ。僕は「ここやってないよ」と映画俳優みたいに扉には目もくれずに言った。これだけですんなり出ていってくれればちょっとは様になるんだけど、出ていく様子がない。視線をあげると目の前のボンゴが口をあんぐりあけて放心していた。何だって感じに扉の方を見ると、女が立っていた。

僕は多分ボンゴと同じ顔をしていたのだろう。女は僕を見て、そしてボンゴを見て、おどけたような、あれ？　という顔をして「私のこと分からないみたい」と言って微笑んだ。

厨房で食器を洗っていたカーくんが店内の様子に気付いて飛んで来た。そして「よく来たね、ユーちゃん」と微笑んだ。

白豚さんはすごい美人になっていた。

ボックス席にカーくんと白豚さんが並んで座り、向かいに僕とボンゴが座った。昔の話で盛り上がり、カーくんの父ちゃん母ちゃんの話で盛り下がり、でもとても楽しいひと時だった。時間的にちょっとあやしくなってきた。

「よかったら泊まっていけば？」と僕は自分の家のように言った。「どうせ部屋も空いてるし、布団もあるし、オバケも出ないし、俺たち変なことしないし」

そんな話をしていると国道から一台の車が勢いよく店の駐車場に入って来た。

「まただよ」と僕は言って「分かりそうなものだけどな」と立ち上がって追い返しに行こうとした。

すると、ユーちゃんが「もう帰らなきゃ」と言って僕を制し扉の方に駆け出し、外に出た。

少し呆気に取られていると車の中から背の高いがっしりとしたいかつい男が出てきた。

カーくんが立ちあがって後を追った。

男はユーちゃんの手首を乱暴につかむと引っ張り助手席に押し込んだ。そして自分も運転席に回り込むと乗り込んで、乱暴に車をバックさせた。車はUターンして国道を走り去った。

カーくんは一歩およばなかった。

僕もその頃には店の外に出ていた。

「何だよあいつ」とかと文句を言いながら僕とカーくんは店に戻った。

翌日、いつものようにだらだらと天井すれすれに設置されたテレビで甲子園なんかを見ていると、店の扉付近にあるレジ横の電話が鳴った。出るとユーちゃんだった。

カーくんは駐車場にいた。ツルハシで穴を掘っているところだった。

昨夜カーくんは「あの男今度来たらぶっ殺してやる」と言っていた。

僕も調子に乗って「でもかなりいかつい男だったぞ」と言うと、
カーくんは「落とし穴を掘ればいい」と言った。

冗談かと思っていたが翌朝、僕とボンゴはツルハシがアスファルトにぶつかるカーンカーンという音で目を覚ました。ボンゴの脚が腹に乗っていてそれをどけてカーテンを開けると、まともに陽射しが入ってきた。部屋は二階で窓の下に駐車場が見える。カーくんがツルハシで土を覆ったアスファルトを叩いていた。

店内のボックス席についてしばらくカーくんを見ていると飽きた。カーくんもすぐに飽きるだろうと思った。

僕は「ユーちゃんから電話」とカーくんを呼んだ。

カーくんは汗を拭いながら店に入ってきた。カーくんの近くにいると暑かったからボックス席に戻った。カーくんはしばらくユーちゃんと話していた。というよりずっとうなずいたり相槌を打ったりしていた。それから「分かった。じゃあね」と言って電話を切った。

「ユーちゃん何だって？」と聞くと、
カーくんは「ユーちゃんも協力してくれるって」と言ってまた外に出て行った。

駐車場でボンゴとキャッチボール。

アスファルトは厚さ五センチ程度でしばらくすると土が見えた。そこからは「テコの原理」でアスファルトは簡単に剝がれていった。

「手伝おうか？」と気楽に言うと、

「いや。これはおれの仕事だから」ときっぱり断られた。

「それならオムライス、作ってくるよ」と言うと、

「それは助かる」とカーくん。

僕はボンゴと店に戻って厨房でオムライスを作った。オムライスはご飯を炒めて卵でくるめばいいだけだから簡単に作れる。

カーくんは穴を掘り続けた。毎日掘っていた。そのうちツルハシを使うことができなくなった。体の半分が穴の中に入りツルハシを振りかぶっても振りおろせないのだ。

「そろそろいいんじゃないの？」と声をかけると、

「いやまだまだ」とカーくんは言った。「こんなんじゃすぐ這い上がってくる」

日に日に穴は深くなっていった。今では脚立を使って穴の底に下りスコップで穴をさらに深く掘り下げていた。掘った土はバケツに入れていちいち上まで持ちあげていた。

僕とボンゴは食事担当になっていて食事ができるとカーくんを呼んだ。穴は上から見た感じだと十メートルはあるような気がした。でも十メートルだとビルの三階に相当するわけだから、そこまで深くはなかった。

朝から雨が降っていた。穴はベニヤ板とビニールシートで覆われていた。久しぶりの休日といった感じだった。

「あんなに深い穴に落ちたら死んじまうぞ」と僕は言った。

「それが目的だからな」とカーくんは言った。

「いくらなんでも殺すのはまずいだろ」と僕は言った。

「それなら下にトランポリンでも置いとくか？」とカーくんは言った。

「そうしろよ」と僕は言った。「やつは穴に落ちた瞬間死の恐怖に襲われる。だがすんでのところでトランポリンに救われる」

「で、土に埋められて窒息死する」

「窒息死はまずいだろ」

「じゃあ酸素ボンベでも置いとくか？」

「そうしろよ。やつはトランポリンに救われたと思った瞬間、生き埋めの恐怖に襲われる。しかし酸素ボンベに救われる」

「で、這い上がってきたところをスコップの一撃を食らって死ぬ」

「やっぱり死ぬのかよ」

「それだけは譲れない」

「そこを譲んなきゃ刑務所行きだぞ」

刑務所と言って間が抜けているような気がした。

僕は気を取り直して「墓穴を掘るって言うだろ？」と言った。「お前も自分の掘った穴に自分で落ちるなよ」

ボンゴが食べていたハムサンドを喉につまらせてゴホゴホと咳き込んだ。

＊

夏の終わり。
ユーちゃんと僕とボンゴは穴の前に立っていた。
穴を見つめていた。
カーくんが掘り、カーくんが落ちた穴だ。
カーくんは足の骨を折り、ただ今入院中。

雨月物語

前世の恨みを晴らし晴れ晴れ

女盛りの白峰法子さん（三九）は四日、高層マンションの隣人を甘くて黒い宝石・チョコレートを餌に自宅に招き入れ、猟奇的に殺害した件について坂出市内のホテルで記者会見を開き、「前世の恨みを晴らしてやった」と晴れ晴れとした表情で語った。

白峰さんによると、白峰さんは前世で言葉にできないようなひどい辱めを、今生において被害者となった隣人の沢嶋良子さん（四〇）に受けた。具体的な内容については、「話せる時がきたら話す」としている。

白峰さんの夫のロバートさん（四二）は今回の件で「マンションの資産価値が下がるのは確実」と頭を抱えている。ロバートさんの頭はピカピカに禿げあがっており、これにはひとり息子の実君（九）も「おれも将来ああなるのかなぁ」とまぶしさに目を細めつつ、今から心配している。実君にとってはあまり喜ばしくない事実だが、ロバートさんの家系は先祖代々禿頭者を輩出しているという。実君の頭も、遠からず無毛地帯となるだろう、というのが大方の見方である。

被害者の夫の辰巻さん（四〇）は、「まさか女房が、前世で言葉にできないようなひどい辱めを、白峰さんに加えていたとは」と絶句し、「ともかく夫として、白峰さんに謝罪したい」と口にするのがやっとだった。

その時、チリンチリンと自転車のベルの音が、取材のために近隣住人の迷惑など顧みず我が物顔でマンション前の生活道路を占拠していた私たちの耳に響いた。音の鳴る方に視線を向けると、前籠にスーパーマーケットの袋を入れた中年女性の自転車が、こちらに向かって走ってきた。道を開けると、顔を真っ赤に上気させた女性は、私たちには目もくれず、そこを通り抜けた。その女性にどことなく良子さんの面影を認めた私たちは、無言で遠ざかる彼女を目で追った。

良子さんらしき人物を乗せた自転車は、横断歩道の手前で地面を離れると、赤信号の歩行者用信号機を越え、瞬く間に、空の高みへとぐんぐんぐんぐんと昇っていった。

佐々木さんの悪い予感が的中

十一日午前、右目の下にホクロがない男が加古川署に「死体を遺棄した」として自首し、逮捕された。

男は井村昇一（二四）。男は犯行について、「おっちょこちょいで思い込みが激しく、また友情に篤い己の性格がどうのこうの」と取り調べに当たった警察官に取り乱した様子で早口でまくし立てた。警察官は自身の聴取能力に問題があるのではないかといった自己不信に陥ることなく、男に落ち着くよう促した。

男は深呼吸すると、「しかしそれだけでは私がやったことの説明には不十分だ」とまたしても独り言めいた発言を繰り返した。男は二日前の夜の出来事を回顧し、分析しようとしてしくじり、むなしくあがいていたのであった。

規定枚数をオーバーすると査定に響く上、彼に頼っていてはちっともラチがあかないので私がまとめると、九日午後九時半頃、あるアパートの一室で、顔にシミのない遠藤彩子さん（二四）が死亡しているのを、同所を訪ねた、虫歯のない佐々木幸樹さん（二四）が発見した。

佐々木幸樹さんは、亡骸のかたわらにしゃがみこみ、自身の携帯電話から親友である男に電話をかけた。男は、佐々木幸樹さんのひどく混乱した様子から、詳しい事情は何も聞かぬまま佐々木幸樹さんが絶体絶命のピンチに陥っていることだけを察し、そこを動くな、と指示を出し、自家用車で遠藤彩子さん宅・菊花レジデンス一〇一号室に駆けつけた。

ドアに鍵はかかっておらず、男は玄関から室内に侵入した。リビングに足を踏み入れると、そこには頭部が血に染まった痛ましい姿の遠藤彩子さんと、血にまみれた斧、さらにはショックのあまり気絶して大の字になり大イビキをかく佐々木幸樹さんの姿があった。その光景から、男は瞬時に、佐々木幸樹さんが遠藤彩子さんを斧でたたき切り、殺害した、と早合点した。

男は佐々木幸樹さんをおんぶして運び出し、自家用車に乗せて自宅に引き返し、ベッドに寝かせると、ひとり菊花レジデンス一〇一号室に戻った。

佐々木幸樹さんが目を覚ましたのは、それから四時間半後の翌午前二時半頃だった。佐々木幸樹さんは自分が誰で、ここがどこで、今何時で、何をしているのか、しばらく分からなかった。ただ漠然と悪い予感がしていた。

佐々木幸樹さんの悪い予感は的中した。

その頃男は、県境の山奥で、スコップを手に、遠藤彩子さんの遺体を遺棄するための穴を、汗だくになって掘っていたのである。

なお、遠藤彩子さんを殺害した犯人については、警察の捜査が行われているが、現時点ではまるで分かっていない。

階段から転落した女性が死亡

財団法人ソーシャル・サービス協会が運営する生活困窮者向け宿泊所「あさぢが荘」で四日午後三時十五分頃、同所に父親を訪問した女性（二二）が四階の廊下でくにゃくにゃに倒れているのを、顎にイボのある女性（五六）が発見し、笑った。

笑い声を聞き、駆けつけた窃盗等の前科のある男性（七一）が119番通報し、要領を得ない話しぶりながら、救急車を出動させることに成功した。窃盗等の前科のある男性は、「前科といってもずいぶん前の話だ」という。

顎にイボのある女性は、沼田忍さん。沼田さんは真珠貝が真珠を育てるようにイボを育てている。買い手はまだ見つかっていない様子だが、そもそも沼田さんにイボを売る気があるか疑わしく、沼田さんの良い時も悪い時も見てきたイボを沼田さんが簡単に手放すとは考えにくく、専門家は「手に入れたければ、大金を積む必要があるだろう」との見解を示している。経営していた不衛生な飲食店は、五年ほど前に閉店している。

くにゃくにゃに倒れていた女性は、搬送先の病院で間もなく死亡した。警察の調べで、亡くなった女性は市川市在住無職、稲葉貴子さんと判明。貴子さんは同日午後、自宅でカップヌードルを食べ、「友達と遊んでくる」と母親に告げ、ヤフーオークションで落札したクロックスのサンダルをはいて出かけた。貴子さんは「あさぢが荘」に父親の善雄さん（五〇）を訪ね、お小遣いをせびった。善雄さんは「俺は一文無しだ。金があればこんなところにいるはずがない」と突っぱねたが、貴子さんは信じなかった。

貴子さんの両親は三年ほど前に離婚している。善雄さんが二十年ほど勤めた会社をまっとうな理由で解雇された時期と重なっているため、善雄さんの失業と離婚が無関係だとは考えにくいが、詳しいことは分かっていない。

貴子さんは父親との会談が不首尾に終わった後、階段から転げ落ち、その際、頭の打ち所が悪かったため死亡したとみられている。警察は事故と事件の両面から調べる方針だが、「十中八九事故」らしく、「もし事件だったら？」との取材陣の質問に、「もし事件だったらフルチンでお詫びしよう」と担当警察官は白い歯と自信をのぞかせた。

中国国籍の李さんが夢を見た

滋賀県大津市に住む中国国籍の李魚さん（二八）は七日、夢の中で急にお土産が三つ必要になり、一階の一部が土産物屋になっている老舗旅館に向かって歩いていて、町内にうねるようにドイツとアメリカの国境線があることを発見した。

土産物屋兼老舗旅館は、夢の中では李さんのアルバイト先であり、ドイツ側にあるが、風景や行き交う人々は、そこが日本であることを示していた。国境線は隠されていたわけではなく、あまりに平然と存在していたため、かえって誰の目にも気にもとまらなかったのだった。

土産物屋兼老舗旅館に着くと、オフの日にお土産を買うために訪ねてきた李さんを従業員たちは歓迎してくれた。李さんはお皿を三枚買うつもりだったが、女将さんや、お皿を作っている先生（四十代の女性で旅館の二階で定期的にお皿作りの体験教室を開催している）に、李さんにお皿を売るのは申し訳ない、と言われる。どうやら値段ほどの価値はないらしい。そのまま手ぶらで帰すのは悪い、と女将さんが言い出し、老舗旅館のオーナー一族の重鎮（引退していて足が悪い）の奢りで、ラーメンを食べに行くことになった。その店はアルバイト仲間の女の子のお母さんがアルバイトしている店だった。

道中、オーナー一族の重鎮に豪雨が襲いかかる。ベテラン奉公人がつっかえ棒のように自身の体を主人の体に押しつけて、悪い足のほうに倒れそうになる主人を必死に押し返していた。肩を組めばいいのに、と李さんは思ったが、口には出さなかった。雨が降っているのはこの場面だけだった。

川岸から川に魚を放っている光景を李さんは橋の上から目にした。慈善活動のように見えたが、魚の頭は切り落とされ、頭のない魚は、川底に縦一列に並んで揺れていた。

帰り道で李さんは悟った。アルバイト仲間の女の子に会うことはもう一生ないだろう。ラーメン屋に女の子のお母さんの姿はなく、それは女の子が新しいアルバイト先を見つけたことを意味していた。

死体を盗まれた男が盗難届？

「物騒な世の中になったものだ」と嘆きたくなるような事件がまた起きた。もっとも私自身はナイーブとは無縁のデリカシーの欠片もない腐れ野郎なので「物騒な世の中になんちゃらかんちゃら」などと嘆きたいなどとは微塵も思わないのだが。うがった見方かもしれないし、あるいは正鵠を射た鋭い洞察かもしれないが、人は「物騒な世の中になったものだ」と嘆くことで、健全な自分を確認&アピールしたいのではないか。

さて前置きはこのくらいにして、さっそく本題に入ろう。「時短」「時短」と叫ばれている世の中でもあるし、一記者の戯れ言に付き合っていられるほど親愛なる読者諸兄が暇ではないことくらい、私だって承知しているからである。伝え聞くところでは「時短」とは「時間短縮」の短縮形であり、つまるところ「さっさとやれ」という意味なのだろう。自慢でもなんでもないが、コンビニのレジや赤信号や踏切で待たされるだけでイライラする私である。さっさと本題に入らない私に皆様がイライラしないなどとどうして考えられるだろう。

つまりはこういうことである。どうやらどっかの男が「死体を盗まれた」として警察署に盗難届を提出したらしいのだ。「らしい」というのは、他社の記者が携帯電話で誰かにそんな話をしているのを私が盗み聞きしたからで、いわゆる「伝聞」だからである。それを隠すつもりはない。報道倫理に反するからな。タイトルに「?」をつけたのもそのためである。

梅星子さんが当社ビルでＰＲ

むろん誰が言い出しっぺか特定するのは極めて困難だが「嫉妬深い女を演じさせてその右に出る者はない」と言われる女優の梅星子さん（五六）が二十八日午後、御影座で来月一日から上演される舞台「大草原草家族」をＰＲするため、当社ビルを訪ね、開口一番ゲップをし、たまたま居合わせた人々を倦怠させた。

特に著しくげんなりした三百余名は、それぞれの上司に早退届を提出し、そのうちの三名が受理された模様だ。ゲップから察するに星子さんは昼に岡山名物のままかりの酢漬けを咀嚼したと思われるが、今のところ裏付けは取れていない。

「演劇界の吹き出物」の異名をとる彼女とはいえ、「梅星子さん」と言われても、演劇はお世辞にも人口に膾炙しているとは言い難いので、すぐにピンとくる人は少ないだろう。そんな人たちでも「数年前に成人女性向け極太バイブレータのテレビコマーシャルで豪快なひとりＨを披露し一躍お茶の間でも大人気となったあの人」とヒントを与えられれば、「ああ、あの顔のパーツのひとつひとつがやたらとでっかく、やたらとくっきりしたあの人ね」と自分の容姿は棚に上げて薄笑いを浮かべるのではないだろうか。しかし本人を前にそれを口にし薄笑いを浮かべられる人は少ないだろう。かく言う私もそのうちのひとりである。
梅星子さんは今回、十八番の「妬婦」を封印して心機一転、大阪からの元気な転校生・ハル子（小学三年生）の幼稚園時代を演じる。これは原作漫画にはないエピソードで、星子さんは「こんな小さな女の子を私が演じていいものか最初は不安だった」と目をぱちくりさせる。そんな星子さんの弱気を強気に転換させてくれたのは、婚約者のヒデノリさん。こんな女でも愛してくれる男がいるんだ、と軽い衝撃とともに私はそのヒデノリさんなる人物に興味を抱いたが、本筋を離れる恐れがあるため突っ込んだ質問を差し控えてしまったことを、今になって後悔している。（「後悔先に立たず」とはこのことである）
さて当社とのタイアップ企画のお知らせです。ご来場時、係員に「谷陰新聞の記事を読んだ」とおっしゃってくださった方先着三百余名様に、稽古期間中伸ばし放題だった星子さんの脇毛をポチ袋に入れてプレゼントします。数に限りがございますので、ご所望の方はなるべく早いご来場を！

次男殺害で恋人の行方を捜索

十六日午前、和歌山県新宮市で漁業を営む大谷竹助さん（五六）宅の二階の一室で、次男の富雄さん（二九）が遺体で発見された。

富雄さんの遺体の頭部には、釘が十本打ち込まれ、右の鼻の穴には箸が一本、左耳には耳かきが一本、肛門には皮付きのバナナが一本突き刺さっていた。釘はシルバーの新品で錆ひとつなく、箸は漆塗り、耳かきはグッドデザイン賞受賞作品に似せて作られた一品、バナナはフィリピン産だった。

右目はくり抜かれ、くり抜かれて空いたスペースに切り取られた睾丸がひとつ、陰嚢にはくり抜かれた右目が、もうひとつの睾丸と寄り添うように収められていた。

右肘にはオレンジ色の蛍光ペンで「ぶた」と、左膝にはラベンダー色の蛍光ペンで「やぎ」と、それぞれ書かれていた。

頭髪の一部分は剃り落とされ、左脇に乾くと透明になる木工用ボンドで貼り付けられていた。

右手の爪はすべて剝がされていたが、左手の爪にはネイルアートが施されていた。親指の爪にはあみだくじのようなブロック塀、人差し指の爪には縁日に金魚すくいをする浴衣姿のあどけない少女、中指の爪には近所の評判も上々な笑顔が絶えないサラリーマン一家の休日の夜の食卓の風景、薬指の爪には花柄のマウンテンバイク、小指の爪には渦巻き状に赤色のハートマークが十八個、描かれていた。

歯はあらかた引っこ抜かれて中心に微少な孔が穿たれ、ナイロンの釣り糸が通され、ネックレスとして首にかけられ、アクセントとして右手の爪が使用されていた。そして胸部から腹部にかけて、左右の乳首と臍を結ぶ三角形が、ボールペンで皮膚を破るほどの筆圧で刻まれていた。

その他の部位には、これといった外傷は認められなかった。

この異様な事件に困惑した私は、魔術関係の書物を何冊か所有する古い友人Aに意見を求めた。Aは、「儀式くさいな。外傷のひとつひとつに何らかの意味があるはずだ。まずはそれらを解明する必要がある」と眉間に深い皺を寄せて呟いた。

また、古今東西の推理小説を二十冊以上読破している古い友人Bに意見を求めると、Bは、「加害者は、他人には決して知られたくない何かを隠すために、カムフラージュとして様々な外傷を付け加えたに違いない」としたり顔で答えた。

さらに中学時代、数学の成績が五段階評価で三だった古い友人Cに意見を求めると、Cは、「三角形の内角の和は一八〇度。この事件は一八〇度ひっくり返る」と自信たっぷりに断言した。

そのあと私は事故で左足を複雑骨折して入院している古い友人Dを病室に訪ねた。Dは、「ロング・バケーションってやつだな」と微笑し、現状を前向きに捉えているから心配無用だという配慮を見せた。私はDに、この事件に関する意見を求めなかった。

何はともあれ大谷さん宅には事件前夜から富雄さんの恋人が宿泊しており、恋人は明け方、仕事の支度をする大谷さんに、「じゃ」と短いあいさつをして家を出てから連絡が取れなくなっており、警察は何らかの事情を知っているとみて現在その行方を追っている。

人気ラーメン店の店主を逮捕

栃木県は下都賀郡の大平町富田にあるラーメン専門店「青頭巾」の店主・足立イサオ容疑者（五六）が三十日、下都賀署に逮捕され、くさい飯を食うことが確実になった、と関係者の皆様を嘆かせている。

「青頭巾」は近所に勤め先（飯の種）のあるサラリーマン連中のみならず、OLどもが昼食時に行列をつくる人気店として、地元のテレビ・雑誌等に取り上げられることもしばしばで、舌に刺激を与えることを好む人々が遠方からわざわざ自家用車や公共の交通機関を利用して訪ね、ラーメンと洟をすすると同時に誰もが気さくにトイレを貸す店主の人柄にささくれた心を癒やしてもらう、そんなアットホームな雰囲気の店だった。

足立容疑者の娘・シズコさん（一六）が今月三日から学校を休んでおり、学校側の問い合わせに対応する足立容疑者の応対に不審を抱いた近所の地獄耳のオバさんが警察に通報したが、警察はこのオバさんを不審がり、すぐには動き出さなかった。

常連客のひとり、NCCC（ニッポン・チャ・チャ・チャ）証券に勤める黒田一郎さん（三二）、通称クロちゃんは、「確かに今月の初めくらいから味に変化があった」と言う。ジャンケンの後出しのようで卑怯な気もするが、クロちゃんによれば、「スープの味が若々しくなったと感じた」そうだ。クロちゃんはさらに、「しかしそれは病み上がりの自分の舌のせいだと思い、誰にも言わなかった」と付け加えた。

「青頭巾」のライバル店の店主（匿名希望）は足立容疑者の奥さんが数年前に「実家に帰って」から「青頭巾」は急に人気が上昇したと回想する。そして何か面白い冗談でも思いついたかのようにふっと笑みを浮かべると、「それがまさか奥さんをスープの出汁に使用していたとはね！」と外国人のような大袈裟なジェスチャーをつけて負け惜しみ気味にあきれてみせた。

足立容疑者に接見した弁護士によると、足立容疑者は、「カミさんは実家に帰ったのではなく、オレが食って排泄したし、娘のシズコもちょうど食べ頃に見えたのでオレが食って排泄した」と話し、スープの出汁に使用した疑いについては、「そんなことするはずがない」とプリプリしているという。

殺人の容疑は是認してもスープの出汁の件は否認する構えを貫く構えというわけだが、不思議なのは「青頭巾」で食事経験のある誰ひとりとして、人間がスープの出汁に使用された疑いが明るみになったというのに、不快感なり何なりを表明していない事実である。

現金不正引き出し親子の手口

会津若松署は二十一日、他人のキャッシュカードを奪い不正に現金を引き出した疑いで無職の親子を逮捕した。逮捕されたのは、母親の岡妙子容疑者（四五）と息子の敏文容疑者（二四）。両容疑者は容疑を認める供述をしている。

二人の供述により、その手口が明らかとなった。

そもそものはじまりは三年前の交通事故だった。妙子容疑者の夫であり敏文容疑者の父であった人物・故岡右門氏は磐越自動車道を走行中に単独事故を起こし死亡した。そして幽霊となって妻子の前に姿を現した。

生前から悪知恵が働く小悪党だった右門氏は、幽霊になってもその本分を失わず、妻子と共謀して荒稼ぎをする計画を立ててふたりに持ちかけた。

計画は自身の幽霊としての特性を生かしたシンプルなものであった。幽霊はほとんどの人に見えず、見えたとしても見えない振りをするのがエチケットである。その特性を生かし、右門氏は幽霊として堂々とATMに入り、ATM利用者の暗証番号を盗み見る。そしてターゲットと暗証番号を妻子に伝え、敏文容疑者がキャッシュカードの強奪と現金の引き出しを、妙子容疑者が現金を引き出す時間を稼ぐ役を担った。暗証番号を盗み見たその日に犯行に及ぶこともあれば、（引き出しには一日当たりの限度額があるため）日を改めることもあった。どちらにせよ手口は同じである。

ターゲットは常に非力なお年寄りが選ばれた。敏文容疑者が人目に付かない路上や駐車場などでお年寄りの鞄（キャッシュカード入り）を力任せに奪って逃走すると、すかさず妙子容疑者がたまたま居合わせた親切な人を装ってお年寄りに駆け寄り、労り、慰め、落ち着かせ、自身の携帯電話で警察署や銀行に連絡する振りをする。その間に敏文容疑者がATMで現金を引き出すのである。敏文容疑者は監視カメラ対策として帽子を目深にかぶっていた。

このような三位一体の連係プレーによって親子は私腹を肥やしていたが、逮捕されるきっかけとなったのは敏文容疑者の油断だった。「油断大敵」とはよくいったもので、敏文容疑者はあろうことかATM内で額の汗を拭うために帽子を取ってしまったのである。監視カメラに記録された映像から、あえなく御用となった。

デブ綺譚

　その事件が迷宮入りするとともに捜査官の池永も迷宮入りした。同僚は池永をからかう。「おっ、名球会入りした池永君！　いったいどんな記録を打ち立てたんだ？」迷宮入りした池永をかばうのは女性捜査官の進藤直美だけだった。彼女は事件はともかくとして池永を迷宮から出さなくてはと必死だった。それは辞書を参照する限りとても困難なことのように思われた。迷宮とは「中に入ると出口が分からなくなるように造った、複雑な建造物を指す」からだ。しかしベッドでの池永は迷宮入りしているとは思えないくらいのすごい精力を発揮するのだった。そのせいで直美の声は日に日に野太くなっていった。直美の彼氏の町田は彼女の性器が自分の性器にフィットしないほどに拡がりはじめていることに気付いていた。別れるのは時間の問題だった。セックスの回数は減り禁句がふたりの関係をギクシャクさせていった。もっともギクシャクしているのは町田の方で彼女は素っ気ないものだった。「最近のあんたおかしいよ」と高級レストランで食事をしている時に直美が言うと「そうでもないよ」と彼氏は妙に弱気な声を出した。「もしかして」と直美は手を止め町田の目をのぞき込むと「もしかしてなの？」と聞いた。町田は彼女が何を言いたいのか分からなかったが「ああ」と答えた。すると彼女は町田の昔からの夢が叶ったかのように「良かったじゃない！　本当に！」と言い「たまには連絡してね」と謎の言葉を残し、ナイフでニシンを切りフォークで口に運ぶと「おいしい」と笑みを見せた。それが町田が直美に会った最後の日で、町田はその日以来行方不明である。町田がどこに行くかは直美しか知らず町田には知る由もなかった。しかしどこにも行かないわけにはいかず町田は家を出たのだったが、行きたい場所などどこにもなかった。

さて、池永を伴って迷宮入りした事件は八年前の五月九日に起きた。つまり迷（May）宮（9）の日である。あたかも事件はそうなることをはじめから決められていたかのようだった。池永は粘り強いことで有名な捜査官で「粘着テープ」と呼ばれていた。現場は三階建て木造アパートの一室で、ベランダには洗濯物が干しっぱなしだった。車から降りるなり二年目捜査官の矢吹が「あそこが被害者の部屋です」と池永に言い池永はベランダを一瞥すると「デブ女か」と言った。憂さ晴らしに拳銃をぶっ放すかのように口をぶっ放したわけだ。その頃進藤直美は一六歳の女子高生で翌年には一七歳になる予定だった。つまり彼女は二月二十九日生まれではなかった！　彼女の父親は仕事の関係上引っ越しを繰り返していた。それと関係はないと思うのだが日記とは無縁だった彼女は、しかし八年前の五月九日はハッキリと覚えていた。それは彼女の「初体験」の日だった。適度にパンクっぽい人がタイプでゴールデンウィークに逆ナンして知り合った「ディコンストラクションズ」というアマチュアバンドのギタリストTAKA（当時一九歳）と真昼のラブホテルで「休憩」したのだった。ちなみに当時「ディコンストラクションズ」のボーカリストだった安田ファッキン和也はその頃高校時代の後輩・百合子さんとエジプトに初めての海外旅行に行きそこでスフィンクスの絵葉書に「お前に似てないか？」と書いてベーシストの佐久間に送った。佐久間の彼女（当時）はそれを見て「似てる！」と言ったらいきなり殴られたそうだ。「ディコンストラクションズ」はメンバーそれぞれの音楽性の違いからその後解散しTAKAはエレキギターを捨て安田ファッキン和也はミドルネームを捨て新たなバンド「トーテンポール」を結成し佐久間は彼女に捨てられ「トーテンポール」のメンバーからも外された。

殺された「デブ女」は本名を加藤朋美といった。当時二九歳だった彼女は生きていれば三七歳で、＊＊＊がちょうど＊＊＊なっている年頃だからシックス・ナインはちょっと勘弁してほしい気がする。彼女は明るい性格でいつも笑顔の人気者だった。ベッドに寝そべって少女漫画を読み股間を布団でこするのが趣味だったが、「デブ専の彼氏が次から次へと現れるため一八歳から二九歳まで彼氏が途絶えることはなかった」と彼女の高校時代からの友人・溝口容子は言っている。池永は彼女がこまめにつけていた「セックス日記」を読み彼女と性交渉のあった「デブ専」たちに会って話を聞いた。しかし「デブ専」ではない池永は彼らの話がほとんど理解できなかった。容疑者が三人に絞られたかと思えば八人に増え、うんざりした気分に追い打ちをかけるように二十二人に増えた。池永は熱くなった頭を冷やそうと蛇口をひねって頭を突っ込んだ。すると水とともに容疑者がひとりふたりと流れていくのが分かった。最後まで流れないのが犯人だと思い頭を突っ込んだままにしておくと思惑通り五人にまで絞られた。その時「何やってんすか先輩?」と矢吹の横槍が入り、ボトッと五人の容疑者が同時に落ちてしまった。「ああクソ!」と池永は叫んで落ちた五人を取り戻そうとしたが無情にも五人の容疑者は排水口に吸い取られてしまった。「馬鹿野郎!」と池永は叫び矢吹の胸倉をつかんだ。しかし次の瞬間池永は地面に押さえつけられていた。矢吹は柔道の有段者で希望者に護身術を教える先生でもあったのだ。トイレから出てきた直美は池永が矢吹に押さえつけられている光景を目にし「どうかしたんですか?」と聞いた。

事件は当初簡単に解決すると思われた。しかし池永を伴って迷宮入りした。「まるで*EXTERMINATOR!*を読んでるみたいだ」が池永の口癖だった。池永は邦訳された『おぼえていないときもある』で*EXTERMINATOR!*を読んだのだが『おぼえていないときもある』を読んでるみたいだ、とは言わなかった。自分が原文で読んだように見せかけたいわけではなく、もっぱらリズムの良し悪しの問題だった。だいたい池永がそう言う時はベロンベロンに酔っ払っている時で翌朝直美が「昨日エクスターミネーターを読んでるみたいだって言っていたけど何のこと？」と聞いても「おぼえていない」と言うだけでそれがウィリアム・バロウズの小説で一九九七年に『おぼえていないときもある』として邦訳がペヨトル工房から出版されていることを知ったのはずっと後になってからだった。普通の本屋には置いていなかったため注文して直美は目を通した。なるほど、と直美は思った。読後の征服感がまったくなかった。「デブ女」殺害事件に則して考えると頑張っても少ししか手に入らないもどかしさのようなものが確かに*EXTERMINATOR!*を読んでるみたいだ、と言えるかもしれないと思った。突如直美は池永が発狂するのではないかと思った。直美は*EXTERMINATOR!*を読み返す気などおきなかったが池永は何度も読み返し答えを見つけ出そうとしているようなものなのだった。池永は少し頭を冷やしたほうがいいと直美は思った。ちょうど池永が小便プレイを望んだので直美はラブホテルのベッドに仰向けになった池永の顔に小便をかけた。直美は小便をかけられ目をつむり口を半開きにした池永の幸せそうな顔を見ているとこのまま小便が止まらなければいいと思った。池永も同じことを思ったが小便は止まった。ふたりはとても悲しい気持ちになってベッドで抱き合ったが仕方なかった。

ある時池永が顔を洗っていると蛇口から容疑者がボトボトと落ちてきた。驚いた池永だったが素早く排水口に栓をした。あまりにたくさんの容疑者が次から次へと出てくるため少しずつ容疑者を逃がさないように水を捨てる必要があった。そのうち容疑者であふれ返るくらいにまでなった。池永は走って掃除用具の置いてある部屋まで行った。そしてバケツをつかむと走って戻った。矢吹はバケツを持って走ってくる池永の姿を見つけた。矢吹は「誰だよ」とつぶやいて蛇口をしめたところだった。池永は洗面台の前に立っている矢吹を見つけると「おい！　さわるな！」と走りながら叫んだ。「あ、これ池永さんの仕業でしたか」と矢吹はバツの悪そうな笑みを見せ水を出そうと蛇口に手を伸ばした。「馬鹿野郎さわるな！」と池永は叫び走ってくる勢いのまま矢吹にタックルした。池永は大学時代ラグビー部に所属していなかった！　一方の矢吹は柔道の有段者らしく素早くしっかりと「教科書通り」と顧問の故・深沢重吉先生にほめられたことを今も忠実に守り通していますと故・深沢重吉先生への感謝の気持ちを表現するかのような完璧な受け身をとったが池永は地面に顔をぶつけバケツは手から離れ不愉快な音をたてながら転がった。トイレから出てきた直美は廊下で重なり合う二体のオブジェのようになった池永と矢吹を目にし「どうかしたんですか?」と聞いた。

テナントビル清掃員による女子トイレ盗撮事件と「デブ女」殺害事件には何の関係もないように思われた。しかし押収したビデオテープを見ながらオナニーをしていた池永はそこに「デブ女」そっくりの女を見つけた。彼女と性交渉のあった「デブ専」十八人のお墨付きをもらい池永はその女が加藤朋美の生前最後の姿であることを撮影日時が五月九日午後四時十八分であることから判断した。撮影場所は丸の内にある某テナントビルで彼女の勤務する会社のオフィスがあるビルとは違った。彼女はなぜこのビルで用を足したのか?池永が捜査を進めるとさらに興味深いことに彼女の使用したトイレが某テナントビルの十階のトイレであることが判明した。一階のトイレなら部外者が用を足すために立ち寄り用を済ませてさっさと退館することも考えられるが、十階となるとエレベーターに乗り、あるいは階段でそこまであがらなければならない。つまり彼女は用を足すためにこの某テナントビルに入ったのではなかったのだ。彼女は用もないのに丸の内にある某テナントビルの十階にあがり用を足した、ということになる。いや違う、と池永はすぐさま自分の出した答えを否定した。「用」と「用を足す」の「用」を区別しなければならない。つまり彼女はこの某テナントビルに何らかの用があり入館し用を足したのは何らかの用のついでだった。池永は一挙に展望がひらけた気がして興奮した。しかし彼女がそのビルの十階に足を運んだのはそこにあるテナントが彼女の勤める会社の得意先だったからでありそれ以上の意味はなかった。捜査はまたも行き詰まった。昼間からボーッとしている日が多くなった。不意にある疑問が生じた。いい年になって未だにオナニーする自分はカッコイイだろうか？

リストラされた元サラリーマン・吉岡一夫はそのことを家族に言えず毎日行く当てもないのに出勤と称して家を出て川辺や鉄橋の下なんかで寂しく物思いにふけっていた。元サラリーマン・吉岡一夫は毎月消費者金融やヤミ金からサラリーマン時代の給料分を借金し自分の口座に振り込んでいた。家族にリストラされたことがバレ消費者金融やヤミ金から借金していることがバレるのは時間の問題だった。就職のアテも返済のアテもなく就職する気も返済する気もなかった。ある夜元サラリーマン・吉岡一夫は妻と二人の娘を絞殺し自分も死ぬことを思いついた。自分が首を吊って死ぬのは最後でなければならないと肝に銘じ、妻と二人の娘の絞殺順序はどうでもいいと元サラリーマン・吉岡一夫は考えたが、あやうく自分が最初に首を吊りかけ、気を取り直して下の娘、上の娘、妻の順で絞殺していった。池永はこの事件を聞きこんなことがあっていいのかと思い、四つの死体が出た事件より自分が抱えるひとつの死体が出た事件の方が難解なのはなぜだろうと不思議に思った。池永はこう考えざるを得なかった。「デブ女」殺害事件には少なくとも四つ以上の死体が出ている。

ある日こんなささいなことがあった。池永と直美が喋りながら廊下を歩いている時だった。池永は小便がしたかったから男子トイレに入った。池永は用を足す自分の横に直美がいないことに気が付いた。さっきまで一緒に喋り歩いていた直美はどこにいったのだ？と不思議に思ったのも束の間ここが男子トイレであり女の直美は入れないのだと気が付くと池永は苦笑した。「おれも疲れてるのかな？」とつぶやこうとして月並みなことを月並みに思おうとする人間に月並み以上のものが手に入るわけがないと思い性器を歓喜させるように腹筋に力を込め膀胱を圧迫した。男子トイレを出ると廊下に直美はいた。池永は閃きのようなものを覚えた。人間にはそれぞれに入れる場所と入れない場所がある、と池永は思った。小学男児は母親の布団にもぐり込めるだろうが高校球児は無理だろう。つまり一人暮らしする自分の部屋で殺された加藤朋美を殺した犯人は加藤朋美の部屋に入れる人物だ。一人暮らしの女性はたとえ相手が顔見知りでも深い関係でないなら、あるいはこれから深い関係になることを望む人でないなら部屋に入れることはないだろう。つまり犯人は彼女と深い関係にあった人物、あるいは彼女が好意を寄せていた人物だ。そう気が付いた池永はすでに自分が彼女と深い関係にあった「デブ専」たちの事情聴取を済ませていたことを思い出した。池永は自分の無意識の働きに内心驚いていた。しかし驚いたのも束の間だった。池永は男子トイレに女の清掃員が臆することもなく入っていくのを目にした。女でもそれが清掃員なら男子トイレに入れるのだ、ということに池永は気が付いた。

「どうかしました？」と直美は池永に聞いた。池永の大きな頭の中で、どのような思考の劇が繰り広げられているのか、直美は知りたかった。池永の大きな頭の中では、次のような思考の劇が繰り広げられていた。女でも清掃員なら無条件に男子トイレに入れるわけではない。それは女であり清掃員である彼女にとって女と清掃員のどちらが勝っているかという問題である。清掃員が勝っていれば男子トイレに入れるが女が勝っていればたとえ清掃員でも入れないだろう。それを「デブ女」殺害事件に則して考えるとどうなるか？　この場合彼女の部屋は男子トイレとなる。男子トイレに入れるのが男だけではないように、彼女の部屋に入れるのも顔見知りであり深い関係にある人、あるいはこれから深い関係になることを彼女が望む人だけではない。彼女が望まない部外者が強引に押し入ってくるケースもあり得るのだ。そこまで考えて池永は、それも念頭に入れて俺は捜査を進めてきた、と思い、それにしても、と思考を新たな方向に向け、男子トイレである彼女の部屋に女である彼女が住んでいた、というのも妙な話だ、と思った。彼女はなぜ男子トイレに住んでいたのか？　男子トイレには黙っていても男が入ってくるからか？　それほどまでに彼女は淫乱だったのか？　いや違う、と池永は自分の腹に鉛の玉をぶつけるように否定した。こんなのは言葉遊びでしかない！　彼女が住んでいたのは男子トイレではなく比喩としての男子トイレだ。その男子トイレは女子トイレにもオメコにも肛門にも変更可能なのだ。彼女はオメコに入れるものを自分で選択できるがオメコを彼女が完璧に管理できるわけではない。望まない「中出し」をされたり細菌に侵入されたりレイプされたりする可能性は常にあるのだ。池永は自分の頭に唾を吐きかけるように、犯人が分からないのに、犯人を絞る、なんてことができるか、とつぶやいた。いや違う、と池永は再び即座に自分を否定した。

池永が迷宮入りしているのは池永がすでに調査済みの箇所を再度たどり直していること

からも明らかだった。池永の考えることの大半はすべてすでに考えられた事柄だった。池永は迷宮をさ迷うひとりの男だった。幻覚や幻聴をそれと気付かず見聞きする狂人だった。実際に見た光景、実際に聴いた声や音がベースとしてあったが、それは更新され歪められ彩色されて再現されたものだった。池永はそれに気付かなかった。直美は「もう何だってやってやれと思った」と言う。「もう何をやっても無駄なら何だってやってやれという心境だった」と言う。直美がそう思うほど池永は為す術もなく狂っていたのだった。池永はもう直美が捜査のどの段階で捜査班に加わったのか分からなかったし分かろうともしなかった。何の疑いも抱くことなく直美が捜査のはじめからいたことになっていた。そしてあるいは池永にとって直美は池永のすべてのようなものだった。直美が池永を産み直美は常に池永とともにあった。二年目捜査官の矢吹は事件発生当初から二年目捜査官であり池永にとって矢吹はいつまでも二年目捜査官であった。池永は「デブ女」に「Ｘ∞増殖女」というもうひとつのあだ名をつけていたが矢吹の「二年目捜査官」もあだ名だった。しかし三年目になっても四年目になっても二年目のようだったからそうあだ名されたのかあるいは一年目から二年目のようだったからそうあだ名されたのかあるいはまた別の理由からなのか矢吹がいつそのあだ名をつけられたのか判然としないため「デブ女」殺害事件当初矢吹が何年目の捜査官だったか池永は分からなかったが分かろうともしなかった。何の疑いも抱くことなく矢吹はいつも二年目捜査官だった。また池永にとって「デブ女」は殺害以前から「デブ女」であり「X∞増殖女」だった。直美が池永を産んだように殺害が「デブ女」を産み直美が池永のすべてに波及していったように殺害が「デブ女」のすべてに波及していった。

男子トイレが池永の頭蓋骨の内側にこびりついてなかなか離れなかった。歯の裏側ならまだしも頭蓋骨の内側では爪楊枝も届かなかった。池永は思い出す。ある飲み屋の男子トイレで小便をしていると二人組の女が間違えて入ってきたことがあった。ある別の飲み屋の男子トイレで直美とセックスしたこともあったし、また別の飲み屋には便所はひとつしかなく男女共用だった。またある別の飲み屋の便所で顔を洗っていると父親に連れられた五、六歳の少女が入ってきたこともあった。池永は考える。「デブ女」は複数犯に間違えて殺されたのか。「デブ女」は一人暮らしだったが半同棲状態の男がおりその男に殺されたのか。あるいは彼女はそもそも一人暮らしではなく男と同棲しておりその男には連れ子がいたのか。連れ子が殺したとすれば連れ子には新しい母親がデブだということが耐えられなかったのか。あるいは血の滲むようなダイエットに取り組んでいたが一向にむくわれない彼女を見かねた連れ子がそれならば大量出血させてやればいいと自分のブラックなグッドアイデアに酔いつつ「デブ女」をナイフで刺したのか。連れ子が「デブ女」を殺害したことを知った父親は連れ子とともに失踪したのか。しかし彼女の部屋には別の男が一緒に暮らしていた形跡はどこにもなく彼女の部屋に出入りする子供の姿を見た者も彼女の部屋から子供の声を聴いた者もいなかった。となると「デブ女」はやはり誰かと間違われて殺されたのだろうか、と池永は思った。謎に満ちたこの事件には少なくとも四つ以上の死体が出ているはずだが、今のところ彼女の死体しか発見されていないのは彼女が間違えて殺されたために、他の殺人事件との関係を通常の思考では見つけられないからではないか。そう考え続ける池永は犯人逮捕のためなら自分を極限まで追いつめる男であった。

「デブ女」殺害事件は五月九日迷宮の日に起きたが、実は二十九年前の同じ日に「デブ女」は誕生したのであった。迷宮の日に生まれ迷宮の日に迷宮入りした「デブ女」。しかし二十九年前のその日に迷宮入りしたのは彼女だけではなかった。彼女の双子の姉がそれだった。ふたりは生き別れ互いに自分が双子の片割れであることを知らなかった。互いに生き別れた姉、生き別れた妹を補うようにふたりはともによく食べよく太った。ふたりは自分の異様なほどの食欲の理由を知らなかったが実はそういう理由だったのだ。ふたりは一卵性双生児でありともによく食べたこともありよく太ってよく似ていた。ふたりがなぜ生き別れになったのか、ふたりの父親は行方不明であり母親はすでに他界しているためハッキリとしたことは分からない。しかし母親が他界したのは胎内にいた頃からデブだったふたりを産んだ直後だった。医者はそうなることを懸念しどちらか片方を堕ろすことを母親にすすめたが母親は拒否した。その結果の死だった。よく食べよく太った赤ん坊を男手ひとつで育てるのは難しかった。ふたりの父親は父親としての自覚に乏しくふたりを捨てた。捨てられたふたりはそれぞれ別の家庭に引き取られた。まだ一歳にも満たなかったふたりはそんなことは知る由もなくすくすくとよく太りよく似よく育った。

やがて成人したふたりは自身の来歴を知らされたかもしれない。しかしふたりが再び出会うのは二九歳の誕生日、とある「デブ専」を通してだった。「デブ女」も傍目には相当危なっかしい日々を送っていたが、彼女の姉も同じだった。彼女の姉・後藤沙織はデリバリーヘルスで働いていた。「デブ専」の相手をできるのはそれほど多くはなかった。なぜならデブでなければならないからである。沙織の在籍していたデリバリーヘルス「レインボー」代表取締役・村井裕二は慢性的なデブ不足に頭を悩ませていた。広告チラシに「デブ大募集」と印刷して募ったがデブは来なかった。沙織が出現したのは半分あきらめかけていた頃だった。村井裕二は歓喜し自身は「デブ専」ではないにもかかわらず嬉しさのあまり沙織に抱きついた。そして「自動車・携帯電話持ち込み」で雇った送迎係に自動車を軽からワンボックスに買いかえるよう要請した。金がないと渋る送迎係に村井は「彼女を送迎できないのであれば送迎係失格だ。お前は送迎係として彼女を送迎できないことにプライドを傷付けられないのか。そんな生半可な気持ちで送迎を生業としているのか」と怒鳴り散らしワンボックスに買いかえさせた。その意味でも沙織はデリバリーヘルス「レインボー」に鳴り物入りで入店したと言っても過言ではなかった。「デブ女」沙織は「デブ専」相手に期待通りのフル稼働をしてみせた。いや、期待以上の働きをした。沙織は単なるデブではなかったのだ。デブの中のデブだった。それはとてつもなく太っていたということではなくとてつもなく輝いていたということだった。彼女は「デブ専」を虜にした。虜となった「デブ専」は次から彼女を指名し「彼女でなければならない」と言い「とにかく早く彼女に会いたい」と言い「今すぐ連れてきてほしい」と言い「気が狂わないうちにお願いします」と言った。沙織はフル稼働していたがそれでも追いつかなかった。彼女は体力の限界を感じたわけではなく体力のとてつもない過剰を感じ外国に飛び立った。一週間の予定だったが彼女はなかなか帰ってこなかった。「デブ専」は我慢できなかった。「レインボー」の電話は一週間鳴りっぱなしだった。「バカンスに出ている」と言っても信じる者はいなかった。一週間の辛抱だと村井は「デブ専」に言うように電話係の女に言ったが一週間が過ぎても沙織は帰ってこなかった。沙織は旅行先で恋に落ちていたのだった。デリバリーヘルス「レインボー」は「デブ専」の電話ラッシュを受け営業を停止せざるを得なかった。「レインボー」は「サーカス」に店名を変え電話番号を変えた。その他は一切変えなかったが「デブ専」たちは為す術もなかった。デブは他にもいると彼らは自分を納得させざるを得なかった。

「デブ女」殺害事件の朋美が沙織と間違えられたのは言うまでもない。「デブ専」のなかには突然姿をくらました沙織に憎しみを抱いている者がいた。何人もいたが沙織そっくりの朋美を見つけたのはそのうちのひとりだった。彼はそれが沙織ではないことが分からなかった。彼は朋美の後をつけ朋美の住むアパートを見つけた。そして自分を虜にしていた「デブ女」の本名が加藤朋美であることを知った。沙織は「ミカ」と名乗っていた。それが偽名であることは彼には分かっていた。彼はインターホンを押し「ミカ」を呼んだ。「ミカ」は訪問者の男を見たが男が誰なのか分からなかった。男は「ミカ、俺のこと覚えてるか？」と言った。ここでの「ミカ」は加藤朋美なわけだから覚えてるも覚えてないもなかった。男は財布から三万円を出し「やらせてくれ」と言った。「ミカ」は「自分はミカではないしあなたが誰だか分からないし体を売る気はないしアパートまでつけてきてやらせてくれなんて言うのは非常識にもほどがあるし帰らないのなら警察に電話します」と言った。アパートの前で押し問答する男と「デブ女」。扉は開いていたが「デブ女」でふさがっていた。男はもう我慢の限界だった。「ミカ」にそんなことを言われるなんて信じられなかったし「ミカ」を見つけた時から睾丸はフル稼働し男根は勃起しまくっていたし偶然にもATMでお金を下ろしたばかりだったため「ミカ」とやることばかり考えており断られるなんて予想だにしていなかったのだ。

「三分以内に帰らないなら警察に電話しますから」と言って「ミカ」は扉を閉めようとした。男は「ミカ」に飛び込んだ。男は学生時代水泳部に所属していなかった！「ミカ」は後頭部を強打し意識を失った。男は意識を失った「ミカ」を犯した。「ミカ」が意識を回復し叫び声をあげないよう「ミカ」の口の中にティッシュペーパーを詰めた。男は恍惚となって「ミカ」を弄んだ。「ミカ」の肌に落書きをし包丁とボディソープを持ってくると「ミカ」の陰毛を剃ることに夢中になった。「ミカ」はゆっくりと意識を回復していった。そして「ミカ」は自分が何をされ現に今何をされているのかを理解し、怒りにかられた。「ミカ」がただひとつ、死を回避することだけを目的に行動していたのなら殺されることはなかったかもしれない。「ミカ」はぐっと上半身を起きあがらせると男の頭をぶったたいた。「ミカ」は叫び声をあげているつもりだったが声は出ていなかった。彼女は男に弄ばれ現に今も弄ばれていることは理解していたが口の中にティッシュペーパーを詰め込まれていることは理解していなかったのだ。頭をぶったたかれた男は起きあがると「ミカ」に覆いかぶさった。男はその時自分の両手が包丁を握りしめていることを思い出したが後の祭りだった。「刺すつもりはなかった。許してくれ」と「ミカ」に言った。「ミカ」は口の中にティッシュペーパーを詰められ腹を包丁で刺され二九歳の若さでこの世を去った。五月九日迷宮の日だった。

「ミカ」である沙織は行方不明だった。少なくとも「デブ女」殺害事件以降沙織は姿を見せていなかった。彼女がいつ失踪したのかは分からない。見つけようとしたが見つからなかった。それも当然だった。そもそも朋美には双子の姉などおらず沙織＝「ミカ」は池永がつくり出したキャラクターだったからだ。それゆえ「デブ女」殺害事件以前にも沙織は一度として姿を見せたことはなかったのだ。池永はそれと気付かずデリバリーヘルスを徹底調査し朋美そっくりの女を捜したが見つかるはずもなかった。実は朋美そっくりの女とは朋美だった、と池永は結論した。朋美そっくりの女を捜しても一向に見つからないのはそれが朋美であり朋美は五月九日迷宮の日にすでに迷宮入りしていたからだ。「デブ女」

殺害事件と池永は捜査のある段階で迷宮入りしたのではなかった。事件発生と同時に迷宮入りしていた。はじめから迷宮入りする以外に迷宮入りする方法はないのだ。ただ迷宮入りしていることにいつ気付くか、ということがある。しかし迷宮入りしていることに気付いたとしても何の意味もない。「デブ女」殺害事件が迷宮入りしていると言えるのはただ解決されていないからにすぎないのだから。そう考えると池永は自分と「デブ女」殺害事件が迷宮入りしているのかしていないのか分からなくなった。そして池永は晴れやかにこう思った。「デブ女」殺害事件を解決さえすれば「デブ女」殺害事件も自分もはじめから迷宮入りなどしていなかったことが証明されるわけだ。それは迷宮入りしたとされるこの事件の被害者である「デブ女」と捜査官の池永を同時に迷宮から救い出すことを意味した。もちろんはじめから迷宮入りなどしていなかったのなら「迷宮から救い出す」という言い方は間違いなのだが。そしてそれによって朋美が息を吹き返す、ということもないのだが。少なくとも朋美が息を吹き返すまでは朋美が息を吹き返す、ということもないのだが。

男子トイレの個室で小便水に浮いたうんこの上で毛むくじゃらの下半身を丸出しにした池永がそんなことを考えていると、矢吹が廊下を走りながら「池永さーん、池永さーん」と呼んでいる声が聞こえた。男子トイレから離れるいい機会だと思い池永は男子トイレを出た。「あっ、池永さん」と矢吹は池永を認知すると池永の前まで走ってきた。「どうした?」と訊くと「リオデジャネイロは今日も快晴だそうです」と矢吹は言った。池永は矢吹が冗談を言ったのだと思ったが笑わなかった。矢吹は「あの」と言い咳払いをひとつし「デブ女のセックス日記を再度徹底調査してみたのですが」と切り出した。矢吹が言うには彼女と性交渉のあった「デブ専」は当初十八人とされていたが実は十九人だった、さらに彼女はもう一人別の人物とも性交渉をもっており、さらに彼女はまた別のもう一人の人物とも性交渉をもっていた。十九人を十八人と見誤ったのは同じ名前の「デブ専」が二人いたからであり、もう一人別の人物を見落としていたのは彼が「デブ専」ではなかったからであり、また別のもう一人の人物を見落としていたのはその人物が女性だったからだった。しかし「デブ女」の「セックス日記」を再度徹底調査したのも、それによって新事実を発見したのも池永であった。それは池永が部下の手柄を無理矢理横取りする下司な浅ましい上司だったからではなく池永にとって池永は「デブ女」殺害事件捜査班の別名でもあったからだった。つまり池永は池永だったのだ。しかしそんな新事実は何の意味もなかった。「デブ女」の「セックス日記」はすでに虚構だと判明していたからだ。しかし虚構が事実を上回っていたわけではなく逆に事実が虚構を上回っていた、と言ってもよいのではないかと池永は思うのだった。虚構が空にあるのなら事実は地にあった。飛翔能力のないわれわれは本来地から空を見るが池永は空から地を見なければならなかった。つまり空飛ぶ飛行機である「セックス日記」に乗って地である事実を見るのだ。池永はそれが必要だと思った。

そもそも「セックス日記」は彼女の「マスネタ日記」だった。彼女自身の楽しみのためにマスをかいていたように彼女は彼女自身の楽しみのために「マスネタ日記」を書いていた。このふたつは分かちがたく密接に結びついていた。彼女の愛用していたワープロのキーボードからと彼女の「マスネタ日記」が保存されたフロッピーディスクからは彼女の布団やシーツやパンティから検出されたのと同じ「マン汁」が検出されたからだ。そして「マン汁」は彼女が愛読した百冊以上の少女漫画からもテレビのリモコンからもアイドル歌手のビデオテープからも社員旅行や飲み会や彼氏とのデートで撮られたおびただしい数の写真からも検出されたのだった。さながら彼女の部屋は「マン汁の館」であり甘い蜜の匂いに吸い寄せられるように蜂のような毒針を持った彼女の見知らぬ男が彼女の部屋に押し入ったとしてもおかしくはなかった。おかしくはなかったが彼女は毒針によって殺されたのではなかった！　しかし毒針が比喩ならば、彼女は毒針によって殺された、と言ってもよかった。彼女は毒針のようなナイフによって殺されたからだ。しかしやはり毒針とナイフは違う、と池永は思うのだった。ナイフを体の一部のようにしている者のナイフは毒針のようだし、毒針もナイフも刺す機能を備えているが、やはり違う！　しかし比喩なんてどうだっていいい、と池永は思った。そんなのは鼻くそだ！　いや、鼻くそなんかではない、と池永はすぐさま否定した。比喩は比喩だ。

「セックス日記」は虚構でありしかも彼女の実生活をネタにした虚構であるがゆえにそれはより危険であり捜査の妨げになると脇にどけようとする池永もいたが池永は違った。池永は「セックス日記」に乗ったのだった。しかし何も出てこなかった、と言ってもよかった。そこから取り出されたのは彼女の人間関係の虚構化されたほんの一部分でしかなかった。日記の中の登場人物は彼女を含めたったの二十二人だった。モデルとなったのは仕事関係の男六人、元カレ三人、少女漫画の美少年四人、友達の彼氏、ＪＲ名古屋駅の駅員、若いバスの運転手、便利屋さん、芸能人三人、溝口容子、だった。それはあくまでモデルであり少女漫画の美少年は新入社員として彼女の勤める会社に入ってくるし、元カレは彼女をナンパしホテルに連れ込み、彼女が逆ナンする「危険な男」はバスの若い運転手であり、「カッコイイストーカー」に扮するのはＪＲ名古屋駅の駅員であり、仕事関係の男と彼女はカラオケボックスでの偶然の出会いから関係を深め、溝口容子の彼氏と寝た彼女は溝口容子にレズプレイを強要される、彼女の引っ越しの手伝いをした便利屋さんは便利屋さんとして登場し彼女の下の世話もする、そんな具合だった。

虚構から事実を見つけ出すのは至難の業だったが忘れてはならないのは池永が「粘着テープ」と呼ばれるほど粘り強い男だということである。池永は彼女の「マン汁」のついた少女漫画を読みあさったし、タレント名鑑を隅々までチェックしたし、便利屋にしらみつぶしに電話をかけたたし、彼女の携帯電話のメモリーから仕事のスケジュール帳まで調べ、彼女の友人達に話を聞いて回り、少女漫画愛好会の飲み会にも参加した。それによって二十二人いる登場人物のモデルの大半の正体は判明したが、最後に二人、「危険な男」と「カッコイイストーカー」が残った。ここまで調べた池永にはその二人にだけモデルがいないとは考えられなかった。池永は朋美の行動範囲を徹底的に洗った。「首に赤いアザ」があり「眉毛が太く喉仏が突き出」した「二五歳前後と思われる男」が「危険な男」であり「目の下にホクロ」があり「スラッとした長身」の「異様なほど黒い目」を持った「二五歳前後と思われる男」が「カッコイイストーカー」だった。池永はそれがＪＲ名古屋駅の駅員と若いバスの運転手だということをつきとめた。ＪＲ名古屋駅の駅員は彼女の写真を見せると「見たことがあるようなないような」と言い若いバスの運転手は「知っているような知らないような」と言った。池永は虚構の人物と夢の中で話しているような気がした、とその時のことを直美に話した。直美は池永がどうしようもなく狂っていることを知っていた。直美は発狂した池永をただ指をくわえて見ているわけにはいかなかった。もちろん池永に対しては何をやっても無駄だと分かっていたが池永が「迷宮入り」しているのは「デブ女」殺害事件が解決されていないからで解決されさえすれば池永を救い出せると直美は思った。しかし「デブ女」殺害事件が解決されても池永は発狂したままだった。池永には何もかも理解不能だったのだ。十月八日X∞の日池永は自殺した。何もかも理解不能だった池永が自殺などできただろうか（他殺ではないか？）とささやかれたが形としては自殺だった。

子供の領分

ある事件、ひとつの教訓

一九八＊年。地方の小学校で、ある事件が発生しました。

事件といっても、今では関係者の誰ひとりとして記憶していなくても不思議ではないくらいの、あまりにささいな事件です。舞台は一年四組の教室。ある午後のことです。Y君の親友のT君の筆箱がなくなったのです。どういうわけか、T君がどこかに置き忘れたか、どこかに落としたかしたのではなく、誰かがT君の筆箱を隠した、ということがすでに決定事項となっていました。担任の先生は、犯人に名乗り出るように言いました。しかし誰も名乗り出ないので、クラス全員での筆箱捜しがはじまりました。まずは教室内を捜しましたが見つからず、捜索範囲を教室外まで広げましたが、やはり見つかりませんでした。

先生はいったんクラス全員を教室に戻しました。そして子供たちに話をしました。その内容は、このまま見つからないのであれば、警察を呼ぶしかない、というものでした。

それを聞いて泣き出す子供がいました。Y君です。先生はもう一度捜そうと子供たちを解き放ちました。すると不思議なことにあんなに捜しても見つからなかった筆箱が、あっさり見つかったのでした。Y君はほっとしました。誰も警察に捕まることなく事件が解決したからです。

十数年後。大人になったY君はふとこの事件を思い出しました。そして少し嫌な気持ちになりました。昔の話ではあるものの、あの時泣き出した自分を、先生は犯人とみなしたのではないだろうか？ そう思ったからです。

真実はわからないものの、Y君はこのことからひとつの教訓を得ました。

「大人の論理で、子供の感性を測ってはならない」

くつ、あるない

Y君は四人兄弟の次男。兄と弟と妹がいます。今はみんな独立して家を出ていますが、かつてはひとつ屋根の下で暮らしていました。

Y君が小学二年生の頃の話です。学校から帰って家にいると、台所の母がY君に尋ねました。「K君（Y君の兄）はもう帰ってきてるの？」Y君は兄が帰ってきているのかまだなのかわかりませんでした。そこで家の中を兄の名を呼びながら、時にこっそり忍び足で（というのも兄はどこかに身を潜めてこちらの動向をうかがっているかもしれないからです）捜しました。そして家中を一通り捜しても見つからなかったため、母に「まだ帰ってきてない」と報告しようとしたのですが、そこでY君はひらめき、玄関に行きました。兄の靴があれば帰ってきているということ、なければまだということだと考えたからです。

玄関には大量の靴がありました。一人一足ならわけないのですが、現実はそう甘くはありません。兄の靴はいくつか見つかりましたが、いつも履いている靴は見つかりませんでした。そこでY君は母に「まだ帰ってきてない」と報告しようとしたのですが、しかし報告をためらわせるものがありました。それは、兄のいつも履いている靴は確かにそこにあるのに、自分が見つけられていないだけなのではないか、という疑念です。Y君はこの疑念を拭い去ることができなかったのです。

Y君はこの体験から「ある」と「ない」の非対称性、即ち「ある」の確実性と「ない」の不確実性を学んだのでした。

傷物語

Y君の頭には傷があります。右耳の2センチほど上の側頭部に、縦2ミリ横1センチほどの細長い傷です。髪をかき分けると、そこだけ毛が生えていないのが分かります。そもそもY君にはその傷ができた時の記憶がありません。その傷にまつわる話を、Y君は母から聞いて知ったのです。

Y君の母はY君がお腹の中にいる時に近所で火事を目撃しました。当時はまだ携帯電話が一般には普及していませんでした。そのためY君の母は公衆電話から119番通報しました。その後、鎮火を見届け家路につきました。そしてふとあることに思い至り、ポケットに手を差し込んだY君の母は、そこになければならないものがないことに気がつき、呆然と立ち尽くしてしまいます。

そこになければならないもの、それは手鏡です。本来ならば、手鏡を、鏡面を外に向けてポケットに入れておかなければならなかったのです。外の世界の災いがお腹の中の子供にふりかからないように、鏡に跳ね返してもらうためです。

Y君の母は不安な日々を過ごしました。そして、Y君を出産しました。Y君の母はY君の体をくまなく調べました。調べ終わるとやっと安堵しました。頭に小さな火傷のような傷跡があるだけで、他に異常らしきものは見当たらなかったからです。

ミステリーサークル、もも

これはY君が小学三年生の頃の話です。Y君は夕食後、テレビの前であぐらをかいていました。テレビを観ながら、何気なく視線を落としたY君は、あるものを目撃し、驚きのあまり声を上げそうになりました。

「あるもの」は短パンから伸びる自分の両脚の太腿の内側にそれぞれひとつずつ、左右対称にありました。それは、直径5センチほどの青黒い円形のアザでした。

Y君の経験では、アザは硬いものに強くぶつけた時、あるいは硬いものが強くぶつかった時に時間をおいてできるもので、痛みと不可分なものです。しかし今回のアザは、硬いものに強くぶつけたわけでも、硬いものが強くぶつかったわけでもなく、また痛みもないまま突如出現したのです。

まさにミステリーサークル。不可解としかいいようがありませんでした。

Y君は分からないことがあると誰かにすぐ尋ねるタイプではありません。まずは自分で考えます。ですが集中力がそれほどあるタイプでもないので、少し考えて分からないと他のことをします。今回もそうでした。Y君は最近覚えたばかりのカエル倒立をしました。その時、ミステリーサークルの謎が解けたのでした。

カエル倒立をご存知の方には説明不要ですが、カエル倒立は体操の一種です。やり方はといえば、まずしゃがみます。そして両手を肩幅くらいの間隔をあけて地面につきます。次に右脚を右腕の外側、左脚を左腕の外側に膝を曲げたまま持っていきます。すると右肘は右脚の太腿の内側に、左肘は左脚の太腿の内側に当たります。そしてその状態をキープしたまま両肘を軽く曲げつつ体を前に倒します。両腕に負荷がかかり、両肘は両脚の太腿の内側をそれぞれ圧迫しはじめます。さらに前傾姿勢になると、負荷と圧迫は増大し、やがて両足が地面を離れます。この、両足が地面を離れた状態をバランスをとりながらキープするのがカエル倒立です。

Y君はこのカエル倒立をやりすぎたために、両脚の太腿の内側にそれぞれミステリーサークルを出現させてしまったのでした。

赤鼻譚

Y君の鼻の頭は赤い。

数年前に凍傷を負ったからです。冬山で遭難したとかそういうわけではありません。ただ単に寒いところにずっと（連日長時間）いて、尚且つ鼻のケア（かゆくなくてもたまに触って血行を良くするなど）を怠ったからです。春が来れば元に戻ると思っていたのですが、冬より範囲は狭まり色も薄くなったとはいえ春になってもY君の鼻は依然赤いままでした。

それからずっと赤いのですが、毎年十二月になって寒さが増してくるとY君の鼻の赤さはいよいよ本格化（薄いピンクからまっ赤っかへ）してきます。そんなある年の冬、Y君は自分の鼻の赤さに関する物語を思いつきました。それは次のようなものでした。

Y君の前世はトナカイさん。トナカイのコミュニティでも、クリスマスの日に、サンタのおじさんから、ぴかぴかの赤い鼻を持つ「赤鼻のトナカイ」さんが大役を任された話は有名で、Y君も母から聞いて知っていました。Y君の夢は、いつの日か、サンタのおじさんのソリをひいて、クリスマスの日に、世界中を駆け巡ることでした。

夢を叶えるため、Y君は鼻を赤くする努力を惜しみませんでした。しかし夢を叶える前に死んでしまいました。そして、人間に生まれ変わりました。この時期（クリスマスシーズン）になると、Y君のもともと赤い鼻はより一層赤くなるのですが、それはそんなトナカイ時代の名残なのでした。

阿呆物語

自称アナキストのa君は、ある日の夕方、潜入した小便臭い反社会的集団のアジトで身柄を拘束された。

Xを首領とするこの集団は、Xと、触・蛮両氏の三名で構成されていた。

a君は黄と黒の縞模様のトラロープで両足、腹、胸をぐるぐる巻きにされ、両手にはプルタブをあけたばかりの中身がたっぷり入ったC・C・レモンの缶を握らされ、触・蛮両氏によってドブネズミとして首領Xの前に突き出された。

「リーダー、このような扱いは言語道断、あり得ないです」a君は恭しくXに訴え、さらに付け加えた。「このように身体を拘束することが、客人に対する最高のおもてなしだとリーダーがお考えでしたら、僭越ながら私は、リーダーに礼儀作法を教授するマナー講師に立候補させて頂きます！」

Xはa君の積極的で野心的な態度に感心し、また関心を抱いたらしく、「ホッホホー」と上機嫌にフクロウの鳴き真似らしきものを披露した。そして「教えて頂きたいものだな、最高のなんだっけ？」とａ君の瞳をのぞき込んだ。

ａ君はＸにのぞき込まれ、まごつきながらも、リーダーが私の請願を受け入れてくれた、と有頂天になった。

さっそくａ君が「最高のおもてなし」なるものをレクチャーしようと口をひらきかけたとき、Ｘが「そなたの大好物はなんだ？」といささか唐突な質問をした。

それはａ君を「マナー講師」として採用する気などさらさらない、とでも言わんばかりの態度だったが、それに対してａ君は「カレーライスです」と動じることなくはっきりと答えた。

Ｘはａ君の答えに満足したのか、「よし！」と両手をたたき合わせると、蛮氏に「カレーライスを三人前、テイクアウトしてこい！」と命令した。

「三人前？」反射的にａ君は疑問を抱いた。「四人前ではなく？」そう口にした瞬間、ａ君は急に我に返ったかのようにさっと青ざめた。そして「いけません、リーダー！」と叫び声をあげた。「あなたがたの懐具合について、私は存じ上げないのですが、このアジトのボロさ、小便臭さからしてかなり苦しいのでしょう。しかし、だからといって私のためにリーダーが空腹に耐えるなんて、私には耐えられません！」

Ｘは違和感につつかれでもしたかのように首をひねると、「なにか勘違いしているようだ」とつぶやいた。

「勘違い？」片言隻句も聞き漏らすまいと耳を研ぎ澄ませていたａ君は、Ｘのつぶやきをすぐさま拾いあげて反復、自問し、次の瞬間、雷に打たれたかのような衝撃を受け、再び大きな声をあげた。「まさかリーダー！　リーダーと私とで、一皿のカレーライスを半分こにするおつもりですか？」

Ｘは王位簒奪者マクベスのような爛々とした瞳をむき出しにし、ａ君の目玉をくり抜かんばかりの勢いで睨みつけ、哄笑した。「馬鹿者！　誰がお前に食わせるなどと言った？お前の大好物を、お前の目の前で、俺たちが食うのだ！」

嗚咽の中、ａ君はやっとこれだけ言うのが精一杯だった。「リーダーの意地悪！」

「ゴッホン！」

耳障りな咳払いが、ａ君とリーダーの愛憎劇に水をさした。

咳払いの主は蛮氏であった。

「リーダー」蛮氏は言った。「先ほどリーダーは夢か嘘か幻か、偶然か気まぐれか、はたまた生来の軽率さからか、私にカレーライスを三人前、テイクアウトしてこい、と命令されましたが、私は使い走りなど真っ平ご免です。リーダーもご存知かと思いますが、私はもう使い走りなどをする年齢ではありません。命令の撤回を要求するとともに、使い走りはドブネズミにこそふさわしい仕事である、と進言致します」

　これを聞いてａ君が黙っていられるはずがない。

　ここにａ君と蛮氏の「使い走り論争」が勃発した。

「馬鹿も休み休み言え！」ａ君は激怒し、断固とした口調で蛮氏に挑みかかった。「見ての通り、足と腹と胸をトラロープでぐるぐる巻きにされ、両手には中身がたっぷり入ったＣ・Ｃ・レモンの缶を握らされ、こんな絶体絶命の状態で、どうやって使い走りなどできるというのか！」

「そんなのは言い訳にすぎない！」蛮氏も負けてはいなかった。爪先にぎゅっと力を込めて踏んばると、一歩もひかない姿勢で挑みかかった。「本当は迷子になるのが怖いのだろう！　二度とここに帰り着けないのではないかと不安なのだろう！」

「迷子なんか」図星だったのかａ君は狼狽し、しどろもどろに叫んだ。「迷子なんか怖いものか！　ここに来る道すがら、交差点の角にカレーハウスＣｏＣｏ壱番屋を見かけたし、このアジトとの位置関係も記憶に鮮やかなんだ！」

「強がりだ！　そんな強がりは聞きたくない！」

「強がりじゃない！」

「強がりだ！」

「強がりじゃない！」

「強がりだ！」

「強がりじゃない！」

「強がりだ！」

「ちょっと待て！」

Xが火花を散らすふたりの間に割って入った。そしてなにか言おうとしたが、仲裁役を買って出たXを蹴散らすようにして、強引に割り込む者がいた。

触氏である。

「信じられません！」触氏はなりふりかまわず叫んだ。「リーダーの命令に従わないなんて、リーダーが可哀想です！」触氏は涙を流した。「ふたりが行かない、行きたくないのであれば、私が行きます！　言い出しっぺのリーダーが自分で行くのが筋だとは思いますが、リーダーにそれを期待しても無駄なことくらい、私は承知しています！　私が行きます！　私が行くしかありません！」

「行ってくれるか？」

「行きます！」

「それでこそ部下の鑑だ！」

「行ってきます！」

「行ってらっしゃい！」

「ただいま！」

「おかえり！」

部下の鑑がカレーハウスＣｏＣｏ壱番屋でテイクアウトしてきたカレーライスを三人が食うのをただよだれを垂らして見ているだけのａ君でも、見まいとしてかたくなに目をつむっているだけのａ君でもなかった。

ａ君は考えていた。

「両手が自由に使えれば、ロープをほどいて躍り出て、鑑じゃないほうの部下を殴り倒してカレーライスを強奪するところなのだが」

ａ君は両手に握らされたＣ・Ｃ・レモンの缶を睨みつけた。そのとき、ａ君を悩ませていた「知恵の輪」が不意にとけた。

「なんのことはない！　缶を空っぽにすればいいんだ！」ａ君は興奮し、心の中で叫んだ。「中身を飲んでしまえば、缶を投げ捨てられる！　ちょうどいいところにソファがあるし、あのソファなら空き缶に体当たりされても、文句ひとつ言わないだろう！」

善は急げとばかり、缶に口をつけたａ君はむせ返った。驚きに目をみはり、今初めて見るかのように缶を睨みつけた。

「炭酸飲料水じゃないか！」

　a君は炭酸飲料水が大の苦手だった。

　a君は地団駄を踏んで悔しがった。

　そうこうしているうちにも時間は刻々と過ぎていき、かつてはカレーライスで賑わっていた皿も見る見る見る影を失い、三人は満腹、a君はがっくりと肩を落とした。

　ふらふらしてきたa君は、転倒の恐れがあると判断され、触・蛮両氏によって腰を、天井から吊り下げられたサンドバッグに縛り付けられた。

　牛になりたくない三人は、アバのベストアルバムで踊り出した。

　アバの曲を聴くと、a君は急に元気を取り戻し、踊りたい気分になったが、これにも参加を許されず、唇を噛みしめるしかなかった。

　夜も更け、電気を消すと、一日の終わりに、三人は思い思いの場所に横になり、眠りについた。

　a君は眠たかったし、眠りたかったが、眠れなかった。眠っても両手が握る缶を落とさない自信がなかったからである。

眠りたい。休みたい。横になりたい。

ａ君は祈った。本気で祈った。すると祈りは叶えられたかに思われた。

ａ君はひらめいたのである。

「あれからもうずいぶん時間がたつ。炭酸の気はもう抜けているのではあるまいか？」

ａ君は右手の缶の口を鼻先に持っていき、匂いを嗅いだ。「いける」と判断したａ君は、缶の口に口を当てると、「ごくごくごく！」と右手の缶の中身を一気に飲み干した。

そして、続けざまに左手の缶に取りかかろうとした途端、身もだえた。

突発的かつ強烈な尿意に急襲されたのである。

喫緊の課題に直面し、左手の缶どころではなくなってしまった。

ａ君は身をよじりながら考えた。

「どうしたらいいんだ？　ものすごい尿意だ！　すでにチンチンの先っぽまでおしっこが来ているぞ！」

こういうのを「火事場の馬鹿力」ないし「火事場のクソ力」と言うのだろうか。ａ君は再びひらめいたのである。そして即行動に移した。

ａ君は右手の空き缶を左脇に挟むと、右手でズボンのチャックをあけ、チンチンを取り出し、左脇の空き缶を右手でつかみ直すと、缶の口をチンチンの先に持っていった。まさに「飛ぶ鳥を落とす勢い」で膀胱から尿が押し出され、缶の中への大移動が始まった。尿の音はうるさいくらいアジトに響き渡ったが、この際構ってはいられない。眠る三人の夢に突如、巨大な瀑布が現れ、三人は驚いたに違いない。射精しているかのような気持ちの良さに、a君はうっとりとなった。しかしそんな「尿意の果て、至福の時」は長くは続かなかった。尿が止まる気配がないのである。

「落ち着け、大丈夫だ」

a君は自分に言い聞かせた。

「あせる必要はない、心配するな」

a君は自分のとるべき行動を心得ていた。

「よし、いまだ！」

a君は缶から尿があふれ出す寸前に尿をぴたりと止め、左手の気の抜けたC・C・レモンを「ごくごくごく！」と一気に飲み干した。そして缶の口をチンチンの先に持っていき、再度尿を放出させた。さすがの尿もこれには参り、やがて息切れした。

ほっと一息つき、胸をなでおろしたa君は、日頃の習慣でチンチンをしまおうとして、戸惑った。そして、しまえないことに気がついた。両手はおしっこの入った缶を握っており、その他に手はないのである。もちろんa君は考えた。考えに考えた。しかし万事休す。

考える力が萎え、諦めてしまった。誰もが言うように「諦めたらそこで終わり」なのだ。

一睡もできないまま、空は白みはじめた。


一人目が目を覚ますと、その気配を察してか二人目が起き、しばらくして三人目が産声をあげた。

新しい一日の始まりである。

まだ誰が誰だかわからない時間帯、自分が誰かすらわからない時間帯、だから誰がａ君のチンチンがズボンのチャックから飛び出しているのを発見したかなんてわかりようがないし、そもそもそんなことはこの際どうだっていい。

一同は起床早々に、ａ君のチンチンがズボンのチャックから飛び出している、という驚愕の事実に直面し、騒然となった。

「一体どういうことだ？」Ｘはａ君のチンチンを凝視した。そして言い放った。「考えられることはただひとつ！」Ｘは早くも答えを導き出していた。「お父さんがこんな状態では将来に期待が持てない、と悲観した息子さんが、家出を試みたのだ！　その試みは、惜しくも失敗に終わったようだが！」

ａ君のチンチンを穴があくほど見つめていた蛮氏が、射貫くような視線をＸに向けた。

「そんな馬鹿な！」信じられないといった表情で、Xに憤りをぶつけた。「お父さんがこんな状態だからこそ一緒に頑張る、それが親子のあるべき姿でしょう！」

「あるべき姿などいまは問題ではない！」とX。「俺は現実になにが起きたか、それを問題にしているのだ！」

「それでは私も、現実になにが起きたか、それを問題にしましょう！」と蛮氏。蛮氏は苦虫を噛みつぶしたような表情で、唇をなめ、そして言った。「遺憾の極みではありますが、私は息子さんがお父さんにかわって我々に立ち向かおうとしたのだと考えます！　ぐっすり眠っている我々を、急襲しようとしたのです！　その試みは、辛くも失敗に終わったようですが！」

「んんん！」Xは歌舞伎役者を思わせるようなうなり声をあげ、腕を組み、表情を険しくした。

最後に発言したのは、触氏であった。

触氏はまず「おふたりの考えはあまりにロマンチックです」と指摘した。そして「私はおふたりとはまったく異なった解釈をします」と宣言すると、自説を述べた。触氏の声には、真実を告げ知らせる清澄な響きがあった。「私は誰かがフェラしたのだと考えます。フェラチオです。夜中にむっくり起きあがった誰かが、彼のズボンのチャックをあけ、チンチンを取り出し、チュパチュパしたのだと。なぜなら、どんなに器用なチンチンでも、それ自らの力でパンツをくぐり抜け、ズボンのチャックをあけ、外に飛び出すなどといった芸当ができるとは考えられないからです」

「誰かとは誰だ！」明らかに驚愕した様子のXが叫んだ。「お前、犯人及び犯行の一部始終を目撃したか、あるいはお前自身が犯人で、先に述べたような破廉恥な行為に及んだのか？」

「いえ、私はぐっすり眠っていましたので、なにも目撃していませんし、どのような破廉恥な行為にも及んでいません」

「私もぐっすり眠っていました！」すかさず蛮氏が続いた。「ということはリーダー、あなたが犯人ということになります！」

「馬鹿な！」Xの目玉が飛び出した。

「消去法によって、真実は明らかです！」蛮氏は冷静沈着に判決を下した。「我々ふたりではない、ということは、犯人はリーダー、あなたです！」

「濡れ衣だ！」Xは醜くあがいた。具体的には、両手を振り回し、尻もちをついて、両足をバタバタさせた。そして嘆願した。「信じてくれ！」

「リーダー」

そのとき、触氏が助け船を出した。

「ここは被害者本人に直接聞くのが、真相解明への一番の近道だと思われます」

藁にもすがる思いのXは、触氏の出した助け船にすぐさま乗り込むと「このウスノロ！」とa君をウスノロ呼ばわりし、「お前を蹂躙したのは誰だ！　その名を言え！」と凄んだ。

「黙秘します」

縛られて、立ちっ放しで、一睡もできず、両手の缶はいまや石のように重たく感じられてつらいはずなのに、a君の声は、力強い、断固としたものだった。

Xは電線にとまった鳩に糞でもひっかけられたかのように怒り狂った。顔を茹でたタコのように真っ赤にして「俺に恥をかか」

しかし最後まで言えなかった。

「リーダー」Xを尻切れトンボにしたのは触氏であった。「やつを弁護する気は毛頭ありませんが、やつはリーダーに恥をかかせる気など毛頭ないはずです。ただやつは当然認められてしかるべき黙秘権を行使したまでであり、その実やつ自身も誰にフェラされたかわかっていないだけなのです。暗闇では顔の識別は不可能ですから。そこで提案です。やつに目隠しをつけ、昨夜と同じ状況にし、次に我々三人がジャンケンをします。勝ったやつからやつのチンチンをフェラするのです。やつは昨夜の感覚の記憶をたよりに、何人目のやつが犯人かを暴露します」

「な、な、な、なんという素晴らしいアイデアだ！」

というわけで、a君は目隠しされ、フェラされた。これは地獄だった。容疑者三人は真剣そのもので攻め立ててくる。しかしa君は誰が犯人かわからない。適当に二人目のやつだとか言って、それがリーダーだったらシャレにならない。それで「わからない」を繰り返していた。そのたびに彼らはジャンケンをやり直し、またフェラしてくる。その繰り返しだった。フェラ男たちの喉はカラカラに渇いてくるし、a君のチンチンは消耗しまくっていた。a君の感覚では、チンチンはいまや女の乳首くらいの大きさになっていた。それを口に含むフェラ男たちはさながら赤ちゃんだ。女なら乳首はふたつあるし、犬ならもっとある。それなのにa君にはひとつしかない。それを三つの口の餌食にされているのである。

両手の缶を床にたたきつける衝動にいくど駆り立てられたことか！

しかし人生とは不思議なものである。

なにが好転のきっかけになるかはわかったものではない。

a君は苦痛、消耗、恐怖の臨界点で叫んだ。

「俺は苦痛じゃなかった！」

この叫びが状況を一転させたのである。

a君に狙いはなかった。ただ悲しかった。痛かった。泣きたかった。そしてひとつの願いがあった。「もうフェラはやめてくれ！」しかしそう言うと角が立つので「俺は苦痛じゃなかった！」というどこか謎めいた、遠回しな言い方になったのだった。つまりは「俺は昨夜誰かわからないが誰かにフェラされたが苦痛じゃなかった、俺は被害者じゃないんだ、よって加害者も存在しない、だからこんなふうに犯人捜しをする必要はないんだ、だからもうフェラはやめてくれ」という意味だった。

歓声があがった。三人は瞬時にa君の叫びの含意を正しく理解したのであった。

目隠しをはずされると、リーダーがこう宣言した。

「いま、この瞬間から、お前はアナ男だ！」

a君が彼らの一員になった瞬間だった。

a君はこんな展開になるとは夢にも思っていなかった。a君は見事サクセスしたのである。両手の缶を取り上げられ、巻きつけられていたロープをほどかれ、衣服を剝ぎ取られ、四つん這いにされ、犬用の首輪を首に装着され、首輪に繫がった鎖はアジトに一本だけ残るボクシングリングの支柱にくくり付けられた。

「アナ男」の「アナ」は「アナル」の「アナ」だった。

ａ君は肛門要員で、Ｘと、触・蛮両氏の性処理機械になった。この急展開、信じがたい飛躍に、ａ君は目を丸くしたが、アジャストするのにそれほどの時間は要しなかった。定期的に餌を与えられ、ａ君は手を使わず鼻を突っ込んでむしゃむしゃ食った。そしてアナ男としての仕事を実直かつ存分に果たした。

しかしａ君が、この地位に百パーセント満足していたと考えるのは大間違いである。というのは、ａ君はこの職務によって、自分の能力のすべてを余すところなく存分に発揮できているとは考えていなかったからである。

その機会が訪れたとき、ａ君に迷うところはなかった。

それは雨が一週間も降り続き、買い出しが滞り、食糧の備蓄が底をついた日の夜だった。みんな腹を空かせていた。ａ君も例外ではなかった。金属バットを持った蛮氏が近づいてきた。

ａ君は顔をあげ、蛮氏に言った。「俺を食ってください」

蛮氏は言った。「以心伝心ってやつだな」

ａ君は撲殺され、切り刻まれ、調理され、三人の胃袋におさまった。ａ君は自分の能力のすべてを捧げて、三人の空腹を救ったのであった。

連続○○事件

連続〇〇事件

連続クレンジング事件が解決した。

捕まえてみれば単なる馬鹿な社会人の仕業だった。

事件はなかなか表面化しなかった。ひとたび事件として扱われニュースになると、私も私もと雨後の筍のごとく同様の被害を訴える女性が続出した。あまりに信じがたい現象に遭遇した彼女たちは、第三者に訴えても信じてもらえないだろう、白い目で見られるのがオチだろうと、最初から訴えることを諦めていたのだった。

彼女たちは出勤途中に一瞬顔にひんやりするような違和感を覚え、何かが付いたかもしれないと鏡をのぞき込むと、何かが付いたどころか、付いているはずのものが付いていない、したはずの化粧がすっかり落ちたすっぴんの自分を発見するのであった。え？ と彼女たちは一瞬パニックに陥る。化粧し忘れた？ いやいや、あり得ない。

事件が表面化するきっかけとなったのは、犯人がミスをして被害者の目を傷付けたことだった。目を誰かに傷付けられたと訴えた女性は、おまけのようにひっそりと、目を傷付けられた時にどうやらクレンジングもされたらしいことを警察に伝えた。

この事件では監視カメラのアーカイブが大いに役に立った。被害者が複数人存在することも功を奏した。カメラは犯行の決定的瞬間を捉えることは出来ていなかったが、被害者たちの顔が一瞬にして変化する様は捉えていた。そしてその際にいつもそばに必ずひとりの女がいたことが判明したのである。

その女、尾形が犯人であった。決して容姿端麗とはいえない尾形は、美人を見ると化粧という名の皮をひっぺがしてやりたくてたまらなくなるのだった。尾形は監視カメラの性能では補足しきれないほどの超高速で動くことが出来た。目にもとまらぬ早業でクレンジングすることなど彼女には朝飯前だったのである。

美人が一瞬にして目も当てられないすっぴんを曝す。尾形にとってそれは無上の喜びだった。とはいえすっぴんでもまったく見苦しくない女もままいて、そんな時の尾形は内心穏やかではなかった。

連続酔っ払い襲撃事件が解決した。

捕まえてみれば単なる馬鹿なニートの仕業だった。

ニートの二宮は就職活動がうまくいかない憂さ晴らしに、猫そっくりのロボットを製作した。ＡＩを搭載したロボットで、名前はネコパンニャン。ネーミングからして二宮のふざけた性行が見て取れる。

二宮はネコパンニャンをひとけのない深夜のアーケードに放ち、ネコパンニャンに仕込んだカメラとマイクから送られてくる映像と音声をスマートホンで受信し、アーケードからほど近い路上に駐車した自家用車の運転席で、リアルタイムで視聴していた。ネコパンニャンは酔っ払いを見つけると、酔っ払いに近づいて脚にすり寄り、酔っ払いが屈んで頭を撫でようとすると強烈なネコパンチを繰り出すようにプログラミングされていた。

ネコパンニャンはその夜、何人もの酔っ払いをノックアウトした。そのたびに自家用車の運転席で二宮は笑い転げた。

深夜三時過ぎ、そろそろ潮時だと判断した二宮は、徒歩でネコパンニャンの回収に向かった。二宮は最高の気分だった。ネコパンニャンは二宮のイメージ通りに作動し、イレギュラーは皆無だったのだ。

二宮がアーケードに足を踏み入れると、ご主人様、褒めてください、と言わんばかりにネコパンニャンが二宮の前に姿を現し、脚にすり寄ってきた。二宮は屈んで、よくやった、と褒めてやろうとネコパンニャンの頭に手を伸ばした。

二宮は目と鼻の先で爆弾でも爆発したかのような衝撃に見舞われた。一瞬何が起こったのか分からなかった。気づいた時にはあお向けに倒れていた。ネコパンニャンの強烈なネコパンチを食らっていたのである。

誤動作ではなかった。二宮が自分の能力に酔っていることを、ネコパンニャンは見逃さなかったのである。

ネコパンニャンにノックアウトされた酔っ払いの何人かはその足で交番に駆け込み、被害を訴えていた。ちょうど警察官がアーケードに着いたタイミングで、二宮はノックアウトされたのだった。

二宮は当初被害者面して憤懣を爆発させていたが、その正体が明るみになるのに大して時間はかからなかった。


連続転倒事件が解決した。

捕まえてみれば単なる馬鹿な高校生の仕業だった。

この事件の被害者たちは当初、誰ひとりとして自分が被害にあった（何者かの未成熟で無思慮で浅はかな思惑の餌食になった。コケにされた）とは思っていなかった。ただ単にコケた、ちょっとばかり派手に、といった認識だった。

それが事件として認識されるようになったのは、動画投稿サイトに投稿された一本の動画のためだった。その動画は「目の錯覚を利用して人をコケさせたったｗｗｗ」と題された三分弱に編集された動画だった。動画ではひとりずつ、合計十人の男女が何もない平坦な道で突然コケていた。コケ方は十人十色だ。

動画のコメント欄は炎上状態となり、動画そのものも各種ＳＮＳで拡散された。ニュースにもなった。

もともとの動画は犯人が仲間内だけで楽しむために撮影し、共有していたものだったが、そのような動画をいつまでも狭い籠の中に住まわせておくことは不可能である。件の動画の投稿者は、身元を隠す手立てを一切しておらず、そこから犯人までたどることは容易であった。

逮捕された高校生は、取り調べにあたった警察官の求めに応じ、白い画用紙に黒いペンでとある図形を描いた。その図形を一秒間見つめると、誰もがバランスを崩し、コケると説明したそばから、画用紙をのぞき込んでいた警察官がコケた（膝から崩れ落ちた）。

高校生は自ら考案したこの図形を描いた画用紙を電信柱に貼り付け（動画自体にこの図形は映り込んでいなかった）、離れたところからカモを撮影していたのだった。

誰ひとりコケて大怪我をしなかったのは、不幸中の幸いといえるだろう。

聞けば納得

友達の佐久間ミニスカートをはき
佐久間の彼女はだぶだぶにジーンズ姿だった
聞けば「ミニスカートでバイクの後ろに乗るのを
彼女がイヤがったから」らしい

友達の大瀬戸足をざっくり切られ
血を流しているのに声ひとつ上げていなかった
聞けば「局所麻酔をかけてる」らしい
手術中だった

友達の長谷川難しい顔をして
週刊『少年チャンピオン』を読んでいた

聞けば「もともとそういう顔」らしい
そう言われればそうだった

友達の小久保両手両足血だらけで
呻きのたうちまわっていた
聞けば「ツメキリとノコギリを間違えた」らしい
お大事に

友達の仁田脇オーダーメイドのビー玉ドレスを着て
とあるパーティーに出席
まぎれる艶めかしいビー玉
よく見たら「乳首」だった

建前と本音

すごい不良の草場くんは可愛い柄のTシャツを着ている

「仕方がないだろ。それが示談の条件だったんだから。相手側は、可愛い柄のTシャツを着せれば、粗暴な俺もなよなよするだろうと考えたんだろうな」
だけどこれは建前。本音は違うから、草場くんは爆笑する
「ハハハハハ！　本当は俺はこういう可愛い柄のTシャツに目がないのさ！」

かの子はフルフェイスのヘルメットをかぶって眠る
「だって誰にも寝顔を見られたくないんだもの」
だけどこれは建前。本音は違うから、かの子はほくそ笑む
「ヒヒヒヒヒ！　本当は地震でタンスが倒れたり、テレビが落ちてきた場合に備えて、用心しているのさ！」

イカレ女の未知子は呪いで人を殺す力を持っているが使わない
「だって私がそういう力を持っているということは、他にもそういう力を持っている人がいるはずで、私が使ったとなると他の人も使いだすに決まっていて、そうなると私の身も安全とはいえなくなるから、使わないの」
だけどこれは建前。本音は違うから、未知子は薄ら笑いを浮かべる

「フフフフフ！　本当はそんな力を私は持ってはいないのさ！」
琢磨は足を洗わないから足が超臭くて皆からの評判は最悪
「ちゃんと洗ってるさ。それでも臭いんだから仕方がないだろ」
だけどこれは建前。本音は違うから、琢磨は肩をすくめる
「へへへへへ！　俺は超のつくロマンティストなのさ！　超臭い足を持つ俺を、それでも愛してくれる人を俺は絶対に見つけだしてみせるのさ！」

セレブ妻のサチは夫が突然帰らぬ人となり嘆き悲しむ
「どうして？　どうしてなの？　あの人なしで私はこれからどう生きたらいいの？」
だけどこれは建前。本音は違うから、サチは高笑いする
「ホホホホホ！　これで思う存分アイスが食べられるわ！　文句を言う人が文句を言えなくなったのだから！」

真夜中の逃亡

マーくんの言うことにはいつも驚かされる。斬新で、とげとげしくて、ナンセンス。ぼくには信じられないことだけど、マーくんの両親は優しいし、きれいなのに、マーくんは父も母も嫌いだと言っている。人間にはいくつもの顔があるんだ、とマーくんは教えてくれた。マーくんの家の、マーくんの二階の部屋で、マーくんは逃亡しようと言った。俺についてこい、とマーくんは言った。

清ちゃんはマーくんのことが好きだと思う。マーくんも清ちゃんのことが好きみたいに見える。両思いなのに、でもふたりはそんなことおくびにも出さないみたいで、はためにはぼくと清ちゃんほど仲良く見えないし、ぼくとマーくんほど仲良くないように見えるけど、ふたりは本当は結婚の約束をしていると思う。三人でプールに行く時も、ぼくが真ん中に立って、ふたりは絶対にくっつかない。だからぼくはすぐにピンときた。悪ガキで、清ちゃんにぞっこんで、マーくんとはしょっちゅう衝突してばかりいる拓也は、ぼくほど敏感にふたりの関係をあやしんではいない。清ちゃんはおとなしい女子で、ぼくといると落ち着くみたいで、マーくんといると楽しいみたいで、拓也はちょっと怖いみたい。清ちゃんは、母子家庭で、お父さんがいないからそういう傾向があると、マーくんは分析している。マーくんは最近むずかしい言葉をよく使う。夏期講習に週四日も通っている。逃亡の話が出た時、清ちゃんも誘おうよと言ったのはぼくだった。

星野とマーくんがエッチをしたというのが、もっぱらプールサイドでのガキたちの話題だった。星野は学年一の有名女子で、はれんちで、唇にうっすらと口紅をひいていて、体育の先生の誘惑に失敗した、早熟な女子という噂が、上級生の間にもあったほどの女だった。少なくとも拓也を含めた五人とはもう済ませているという噂もある。中学生とやりまくっていると言う人もいる。星野はプールに来ない。星野はぼくをガキだと思っていて、この前校門で会った時なんかチョコバーをくれた。それから「わたしストリッパーになるのよ」とおっきな腰を振ってダンスを見せてくれた。マーくんとの噂はもう流れている頃で、訊こうと思ったけど、星野の様子がいつもと違うようで、しゃべり方もすごくエッチな感じで、まともな会話は出来そうになかった。どうやら酔っ払っているな、とぼくは思った。清ちゃんは全然気にしていないみたいだった。

世の中には不思議なことが多くて、星野と清ちゃんは大親友。拓也は「絶対に俺たちのことは清子には言うなよ」と星野に釘を刺している。星野はそんな時、鼻で笑って、玉の小さいやつ、と馬鹿にするのだった。ぼくのことは、毛のないおちびちゃん、と馬鹿にする。見たこともないくせに。星野とマーくんはお互いに一目置いている仲だったから、エッチしていてもおかしくはないと思った。噂の発生源は、どうやらひょろひょろ服部のようで、真夜中の公園でふたりは良いムードだった、ということになる。ひょろひょろ服部の取り巻きたちは、事の詳細を知りたがっていっぱい質問をぶつけた。だけどひょろひょろ服部の言うことはどれも普通じゃなかった。どうやら作り話をしているらしいとみんな思った。窮地に立たされた服部は、真実を述べた。真夜中の公園でふたりを見たのは本当だけど、その後の事は全部推測。服部は「推測」と言って、「嘘」とは言わなかった。服部はプライバシーを尊重したなんて言ってたけど、その嘘っぱちは服部の小心を証明するだけだった。俺だったら最後までばっちし見てやったな、と取り巻きのだれもが口をそろえた。だれも服部に同調しなかった。本当はだれも最初から服部の言うことなんて信用していなかった。服部はそういうやつ。

それがぼくもある日、真夜中の公園で星野とマーくんが一緒にいるのを見てしまった。

なぜ真夜中の公園にぼくがいたかというと、妹がサンダルを片方だけなくしたみたいで、妹は泣き出すし、母はぼくにお願いしたから。よくあることだった。妹はまだ五歳にもなっていないし、母はいつもパートで忙しい。部屋は小さくて息苦しいから、ぼくはいつも脱出の機会をねらっている。しかも父の機嫌もわるかった。だからぼくは喜んでサンダル捜しに出かけた。妹は三輪車でも、着せかえ人形でも、洋服でもなんでもどこかに忘れるたちで、ぼくも真夜中の捜索にはなれっこだった。ピンクのサンダルは公園の真ん中にあったけど、ふたりがキスしている姿を発見して、ぼくは植木の陰にひそんだ。星野のつっぱった声と、マーくんの低い声がもぞもぞと聞こえてきた。だけど内容までは分からなかった。すべり台の下でキスした後、ふたりは並んで公園を出ていった。マーくんの家に向かっているみたいだった。連絡があって、次の日にマーくんに会うと、逃亡の話が出た。清ちゃんの名前を出したのは、皮肉だったのだけど、マーくんは気づかなかった。男どうしじゃなきゃ駄目だ、女は足手まといになるぞ、と言った。

公営住宅団地の中庭で、複雑な気分だった。さっきから清ちゃんはぼくの雰囲気が感染したのか黙り込んでいる。ちょっと嫌な空気だけど、ふたりとも立ち上がる気はないみたいだった。緑の萌えた中庭は、とてもまぶしい。小さな子たちが、ぼくらをからかっては逃げていく。その時だけふたりとも笑った。ぼくはマーくんが好きだけど、嫌いになりつつあった。星野は尊敬しているけど、軽蔑しつつあった。清ちゃんのことはどんどん好きになっていくのが分かった。手を握りたかった。耳元で好きだよって告白したくなった。横顔を見たかったけど、見たら清ちゃんもこっちを見て、目が合いそうだったから、住宅の間の空を見ていた。太陽がやがて目の中に入ってきて、目をそらした。目の中が真っ白になって何も見えなくなった時、清ちゃんが「もう帰らなくちゃ」と言った。ぼくらは立ち上がって、それぞれの棟に戻った。階段の所で、妹は砂場から持ってきた砂で山をつくっていた。ぼくらの部屋は棟の隅っこで、七階にある。

冷やし中華を食べてテレビを見て一時に部屋を出た。階段の所から中庭をのぞくとマーくんと清ちゃんが一緒にいた。声をかけようと思ったけど、どういうわけかぼくは黙ってふたりを見ていた。マーくんとお昼から逃亡の計画をねろうと話し合う予定だった。マーくんは塾の鞄を持っていた。紺色のとてもかっこ悪い鞄だ。言ったことはないけど、いつもそう思っていた。清ちゃんは手を前に組んでいて、スカートのしわを気にしている仕草をした。マーくんは急に清ちゃんの肩をたたき、マーくんと清ちゃんの親密な笑い声が階段まで響いた。やがてマーくんはマウンテンバイクにまたがって中庭を走り去った。ぼくは嫉妬した。清ちゃんは見えなくなるまでずっと遠くまでマーくんの姿を見ていた。マーくんが帰ろうとしなかったらきっと、二時までも三時までもしゃべっていたと思う。ぼくはお昼だからって追い出されたのに。清ちゃんがいなくなるまでぼくは階段の陰にしゃがんでいた。とてもみじめな気分だった。中庭をのぞき見しながら早く清ちゃんがどこかへ行ってしまえばいいのにと思った。妹の砂山をいじくりながら、公営住宅団地の中ならどこへでも自由に歩き回れたのに、初めて、どこにも行けなくなってしまった自分を感じた。清ちゃんが近所の下級生とバドミントンをしている声が聞こえた。何度も、出ていこうかと勇気を出してはためらった。

裏口から、ぼくは逃亡した。フェンスをこえて、学校とは反対の方向へずんずん歩くと、たちまちぼくは知らない雑草とかの世界の一員になっていた。マーくんとの約束はやぶった。スーパーマーケットでうろうろした。エアコンが涼しかった。ポケットにはジュース一本分のお金しか入っていなかった。いつもはマーくんが何でもおごってくれるから、何でも買えたのに。お金持ちになりたいと思った。マーくんよりお金持ちになって清ちゃんをものにしたかった。ジュースを飲みながら、ひとりで歩いているととても寂しくなった。すれ違うガキたちの洋服がいつもと違って見えた。よく見るとどれも知らない顔ばかりだった。ぼくがにらみつけてやると、五人くらいのガキたちが僕を取り囲んで「北小のやつやなお前」と一番背の高いガキが口火を切った。ガキたちが西小のやつらだということはさっきから察しがついていた。歩き方といい、しゃべり方といいくそ生意気だ。「マサハルってやつ知ってるよな」と一番背の高いガキが言った。そいつに頭一個ぼくは負けていた。「マサハルに会ったら言っとけよ、今度生意気言ったらボコボコにしてやるってな」背の高いやつがそう言うと、背の高いやつとその子分たちはぼくの肩に体をわざとぶつけてその場を離れていった。振り返ると背の高いやつはマーくんと一緒の紺色の鞄をぶら提げていた。そして足でガードレールをけっとばした。ひと続きの白いガードレールに触れると、振動が指先に伝わった。白い粉のついた指はズボンで拭いた。ぼくは迷子になっていたけどそこまで寂しくはなかった。マーくんの母がバス停の所でぼくを呼んでいた。

外車の助手席に乗るのははじめてだった。いつもぼくとマーくんは後部座席に座るから。センターラインのすぐ横をぼくは走っていて、自分で運転しているような気分だった。マーくんの母はサングラスをかけていて、エアコンは寒くないかと訊いてくれて、ラジオはうるさくないかとか、子供のぼくにも大人みたいに気をつかってくれた。ぼくは全部大丈夫だと言った。マーくんは間違っていると思った。マーくんの母がうちの母だったら良いのになと思った。でもマーくんの考えている逃亡の話は内緒にしておいた。母はマーくんのことを隅々まで知りたがった。ぼくはよく分からなかった。とうとうしびれを切らして、どうしてマーくんのことそんなに知らないのと質問した。ぼくはじっと母の顔を見たけど、母は笑っているだけだった。別に不愉快ではなかった。マーくんの母にはうちの母のような切羽詰まった感じがなくて、優雅に見えたから、ぼくも上品になっていたのだと思う。ぼくはマーくんの言っていた言葉を思い出して、「おばさんには他にどんな顔があるの？」と質問した。「馬鹿ね」と母は言った。ぼくはまた大人になった気分だった。でも窓に映るぼくはガキのままだった。母はぼくをマーくんの家の前に降ろすと、マサハルをよろしくと言って、自分は家に入らず、サングラスをかけて颯爽と田舎道を走っていった。

マーくんは秘密をいくつ持っているのだろう。マーくんは清ちゃんと会っていたこともぼくには言わなかった。マーくんに対する不信感はつのるばかりだった。マーくんはいつもと変わらないように見える。でもぼくはいつもと違っていた。マーくんはきっと気づいていないと思う。外からでは見えない所が変わっていたから。ぼくは西小のやつらに会ったことも言わなかったし、母に送ってもらったことも言わなかった。もう何でも話せる仲じゃなかった。ぼくらはマーくんの部屋で「逃亡持ち物リスト」を作った。

スニッカーズ二本
ジュース四缶
シュガースティック一袋
雑誌（サッカーとＦ１）二冊
本一冊
地図一枚
下着三セット大通り（これはマーくんの言葉遊び。サンセット大通りというのが、ロサンゼルスにあるそうだ）
帽子ふたつ
かぜ薬一瓶
シャツ五枚
フランスパン二本
ジャム一瓶
テレビガイド一冊

サングラスふたつ
トランプ一組
懐中電灯ふたつ
卵一パック

プールサイドではまた、服部が噂話をしていた。またマーくんのことで、マーくんと清ちゃんが付き合っていると言う。複雑な気分だった。ここ七日間、ぼくはふたりをさけて他のガキたちとつるんでバスケットとか野球とかサッカーとか女子をからかったりしていたけど、やっぱり本当の友達はふたりだけだと感じていたからだと思う。今日もひとりでプールに来て、水上バレーでガキたちと戦っていた。大変な盛り上がりようで、プールサイドにはマーくんと清ちゃんの姿もあったけど、仲間には加わらなかった。休憩時間にプールサイドでみんなして日向ぼっこをしていると、ふたりは帰っていった。服部は、ほらなって感じでぼくらのご機嫌をうかがった。ぼくとふたりの間にはもうとても大きな溝が出来てしまっていることをぼくは感じずにはいられなかった。真ん中に線があって、こっち側と向こう側。ぼくはいたたまれなくなって、こっち側からも出ていった。「またなー」とみんなが声をかけて、ぼくも「またなー」と手を振ってプールを出ていった。コーヒーハウスからがやがやと騒々しい音が聞こえて、そっちを見ると、星野と西小のやつらが窓に顔をひっつけてぼくの方を見て笑っていた。手招きするわけでもなく、げらげら笑って、騒いでいた。ぼくのことは、星野以外は分かっていないようだった。背の高いやつの顔は真っ赤で、目は充血していて、酒を飲んだなと思った。北小の校区内にやつらがいることが気に入らなかった。

「やつらバカでいやになっちゃう」と星野はコーヒーハウスから出て来ると言った。「やつらとエッチしたの？」ぼくは窓の中のやつらの方を見て訊いた。ぼくの言葉には棘があった。知ってるんだぞ、ぼくは、お前がマーくんとキスしていたのも見たし、その後マーくんの家にも行くのも見たんだぞ、中学生と関係を持ってるのだって知ってるんだぞって目で星野を見た。ぼくはちょっと株を上げたようだった。別に大して気にもしなかった。ぼくの目はするどく、星野に突き刺さっていたと思う。星野はぼくの大人っぽい態度に満足しているみたいだった。「だれとエッチするかはわたしの勝手でしょ」というようなことを星野は言った。それから一通り愚痴をこぼすと、ぼくに「いつか絶対にエッチをすること」を約束させた。「毛が生えたら教えるのよ」とかと言って。それでぼくに清ちゃんへの無言の口止めをしたつもりだろう。星野は腰をふりふりしてガキどもの所に戻って行った。星野はやつらにアイドルのように迎えられた。くそったれ、とぼくは思った。

電話でのマーくんのテンションの高さには興ざめしてしまった。それは装った明るさではなく、本物の明るさだった。七日間も事実上の音信不通で、プールの一件で完全に立場を示したのに、この明るさ。言葉をもって非難することはしなかった。どうしたの、今さ、清も俺もお前とどっか行こうと思ってたのに、とか何とか言っていた。ぼくは電話の向こうに清ちゃんも一緒にいるような気がした。嫉妬心は不思議になかった。本物の軽蔑が頭をもたげていた。それはマーくんに対してだけではなく、清ちゃんに対しても同じ気持ちが生まれていた。ぼくは相づちを適当にうって、合理的に電話をさっさと切れるように仕向けたけど、今日のマーくんの無神経さは異常なほどに感じられた。後半はちょっとぼくの心境の変化を読み取ったような所もあった。でも後ろで清ちゃんに励まされて頑張っている感じだった。マーくんはぼくのある言葉を待っていたのだと思う。でもぼくは絶対にその言葉を口にするものかと意地になっていた。つまり、マーくんと清ちゃんって付き合ってるの、と。残念でした。ぼくは絶対にマーくんの気持ちを楽にはさせないぞ。ぼくはぼくの方から電話を切ることはこの問題から尻尾を巻いて逃げることを意味するのだということを、つまりふたりの仲を認めるということを意味するのだということを知っていた。ぼくは勝った。

ふたりは逃亡した。マーくんの母はぼくが学校の校庭で拓也や服部やその他のガキや女子らとボールをぶつけあったり駆け回ったりしていると、派手な格好で現れ、ぼくらの注意をひいた。かなり取り乱していて、だれかを捜している様子だった。髪が乱れ、サングラスは場違いに輝いていた。母はぼくを捜しているらしかった。ぼくを見つけるとサングラスを取って駆けてきた。母はあせっていて、ハイヒールに足を取られそうだった。「マサハルがいなくなったのよ」と母は言った。赤いパンツスーツの生地の匂いが化粧に混ざって鼻についた。ぼくは母の躍動感に圧倒されて何も言葉が出てこなかった。ぼくの周りには人だかりが出来ていた。サッカーボールが足もとに転がってきても、母は気にもとめなかった。ぼくを差し置いて女と逃亡するなんて、もうこれでマーくんも終わりだな、とぼくは思った。こんなにたくさんの証人がいては首はつながらない。ぼくはもうとっくに分かっていた。「それが清ちゃんも一緒らしいのよ」と母が言うと、周りからどよめきが起こった。こんなのがぼくらの一番のお気に入りの事件なのだ。みんなそこら中に言いふらそうとそわそわしながらかたずをのんでいた。気の早いガキはもうプールの方に駆け出していた。ぼくは新聞記者になってガキどもの期待に応えてやった。細かいいきさつや、メモはなかったかと、まさにぼくの一挙手一投足にみんなが注目した。ぼくは得意になっていた。母に手を握られて、駐車場の外車に乗り込み走り去るまで、ガキたちが見送ってくれた。彼らの尊敬を一心に背負い、母の頼みはぼくだけって感じで。でも、ぼくは追跡に駆り出されたものの、ぼくに出来ることは何もないように思われた。星野のいたコーヒーハウスで、ぼくは清ちゃんのお母さんと合流した。

清ちゃんのお母さんは清ちゃんみたいにおとなしい感じの人だった。でも今回の事件ではおとなしいだけではいけなかった。清ちゃんのお母さんも取り乱し、困惑していた。青い顔をしていて、スーパーマーケットでのパートの格好そのままだった。ぼくはソーダ水を、ふたりはアイスティーを前に、テーブルでは様々な事情が交錯していた。清ちゃんのお母さんは、てっきり清ちゃんがマーくんの家に泊まっているものと思っていたらしい。マーくんの母は、マーくんがぼくの家に泊まっているのだと思っていた。それを聞いてぼくはいい気持ちがしなかった。清ちゃんのお母さんの話にも、マーくんの母の話にも納得できない所があった。ぼくは指摘しなかったけど、きっと清ちゃんのお母さんはだれかと付き合っていて、清ちゃんが家にいないことが好都合で、マーくんの母に確認もしなかったのだと思う。電話をした時、マーくんが出て、お母さんに代わってくれない？　と言ったそうだけど、マーくんの母はいつも通り留守だった。マーくんの母がいつも夜から朝までほとんど家にいないのは、ぼくも知っていた。マーくんの母は朝になって玄関かどこかで置き手紙を見つけたのだろう。警察にふたりは叱られるな、とぼくは思った。手紙には立派なことが書かれていた。

「ぼくと清子は、ふたりで生きていきます。絶対に追わないでください」

そしてふたりの署名も入っていた。その場の空気は、重苦しいというより、乱れていた。警察に連絡したら？　と言ったのはぼくだった。一瞬、大人ふたりの目が合った。そうね、としばらくして呟いたのは、清ちゃんのお母さんだった。マーくんの母も反対するわけにはいかなかった。オーストラリアに単身赴任している父に知られるのが怖くても。ぼくはいつかマーくんから、オーストラリアと聞いて、びっくり仰天した。まさかそこに行く人が近くにいるなんて。「オーストラリアか」とぼくは言った。「そうだ、ふたりはきっとオーストラリアに行ったんだよ」マーくんなら行けると思った。清ちゃんのお母さんの驚き方と、マーくんの母の反応の違いは面白かった。「まずは警察に連絡するのが先ね」

マーくんの母がそう言って、お開きとなった。コーヒーハウスの入口で、麦わら帽子をかぶった星野と出くわした。

星野は耳にウォークマンをつけて、ガムをかんで、口紅をひいて、赤いサングラスをかけて、自分だけにしか聞こえない音楽に合わせて体を動かしていた。立ち止まると足でリズムを刻みながら、ガムをくちゃくちゃとやった。ぼくが口火を切った。「マーくんと清ちゃんが逃亡したよ」さすがの星野も少し反応を見せた。ガムをかむ口もゆっくりになったし、足のリズムも今にも止まりそうだった。星野はガムをペッと吐き出すと、ウォークマンを耳から取って、サングラスをはずした。星野はやっぱり学校のガキどもとは違った。目はにやりとして、ふたりの行為を讃えるかのように口もとがゆるんだ。とうとうやったか、と言いたげだった。「カケオチっていうのよ、それ」と星野は言った。「知ってるよ、帰ってくるかな」「馬鹿ね、帰ってくるわけないじゃない、カケオチしたのよ」星野との逃亡の話はそれだけだった。星野の勝ち誇ったような笑い声を聞きながら、真夜中に逃亡していくマーくんと清ちゃんの姿が目に浮かんだ。ぼくは意味もなく笑い出していた。突然降り出した雨も、ぼくは楽天的に受け止めた。ぼくは急速に星野と仲が良くなったような気がした。ぼくらは走って雨のしのげる場所を探し始めたけど、ぼくは雨に濡れてもいっこうに構わなかった。結局、ぼくの住む公営住宅団地の駐輪場まで来て、そこに入った。雨は頭上のトタンにさえぎられ、音を立てていた。空は急速に雨雲に覆われ、辺りは一気に暗くなった。星野は麦わら帽子を取った。シャツが濡れて乳首の形がふくらんだ胸の突端に浮き上がっていた。ぼくは勃起した。完全に星野に見抜かれているような気がして恥ずかしかった。ぼくは裏庭の、だれにも見えない所に行って、星野とエッチをしたかった。ぼくが恥ずかしげもなく星野の目を見ると、「駄目」と言われた。それから星野は、勃起してるんでしょ、とわざわざ口にしなくてもいいことを暴露して、ぼくが地面を見て赤くなるとまた笑い出した。ぼくは最初はその笑い声に不快感を覚えたけど、やがて星野に乗った方がいいと思ってぼくも負けないくらい笑った。

特別な関係になった気がした。でもそれはとても一時的なものに思えた。ぼくは星野を家まで送って行った。コンビニの角を曲がった所で、星野はここまででいいと言った。その表情はいつもと違って見えた。ぼくは星野の後をつけた。星野の家が立派な屋敷だと思っていたぼくは、壊れかけた船のような家に星野が入っていくのを見てびっくりした。表札には確かに「星野」とあった。木の板に書かれていて、墨汁の文字が雨に濡れ、下に垂れていた。そこでぼくは彼女のいい服や、サングラスや、麦わら帽子や、そういうものはみんな男たちに買ってもらっているんだなと思った。金欠のぼくには用はないってわけだ。彼女はホラばかりかましていた。自分を金持ちだといつも言っていたから。それにみんなも納得していた。朝、待ち伏せして星野の家の前で星野をつかまえた。それでぼくの威信が失われることも知らずに。星野は三秒くらい止まっていた。でも鼻をつんと尖らせると、ぼくの所まで来てにらみつけた。ポストから新聞を取ると、彼女はボロ屋敷に向かって「じじい」と叫び、新聞を投げた。星野はぼくの肩をよけもせず、すたすたと歩いていった。ぼくは屋敷から「じじい」が出てくるまでそこに佇んでいた。ぼくは星野と特別な関係になれなかった。プールでの話題はもっぱらマーくんと清ちゃんの逃亡だった。ぼくは二キロくらい泳ぎたかったけど、疲れてプールサイドの噂の中で日向ぼっこをしていた。太陽の光を浴びていると、いろいろなことを忘れた。

バナナジュースの老人の事件簿

出会い

私がバナナジュースの老人に出会ったのは、お昼休みに公園の木陰に座ってコンビニで買ったおにぎりを食べている時だった。木陰はアフリカ大陸の形をしていて、私は陰がもっとも濃厚な中部アフリカのコンゴ民主共和国のあたりに腰をおろしていた。オフィスの空調に管理されこわばっていた私の身体は、自然に触れることでほぐされていくようだった。

「これからはここでお昼を過ごすことにしよう。天候によっては適さない日もあるだろうけど、天気の良い日はこうやって自然に触れて心身ともにリラックス&リフレッシュすれば、免疫力も仕事の効率もアップする気がする」

こんな何気ない私のひとりごとに、私の正面、北アフリカのリビアのあたりに、私と向かい合う形で腰をおろし、ストローでパックのバナナジュースを飲んでいた老人が、「そいつは素晴らしい！」と、澄んだよく通る声で応じたのだった。

初対面にもかかわらず、声の主はニコニコしたやさしい目で私を見つめていた。これが、私とバナナジュースの老人の出会いだった。

バナナジュースの老人は、元刑事だった。私はバナナジュースの老人にせがんで、現役時代に遭遇した、数々の事件の話をきかせてもらった。ここにその一部を紹介したい。

ブルガリアヨーグルトの謎

事件「ブルガリアヨーグルトの謎」は、若かりし頃のバナナジュースの老人の家庭内で起こった。バナナジュースの老人は、現役時代、数々の難事件を解決した敏腕刑事であったが、家庭内においても、当事件を解決するなど、その辣腕をふるった。

その日の朝、冷蔵庫に牛乳をしまう際に、バナナジュースの老人は庫内に明治ブルガリアヨーグルトの存在を確認していた。それが夜、帰宅して食べようと冷蔵庫を開けてみると、跡形もなく消えていたのである。

「あれ？　明治ブルガリアヨーグルトがない！」バナナジュースの老人は、思わず叫び声を上げた。

「三時のおやつに食べてしまいましたよ」台所で夕飯の支度をしていた妻が言った。

「誰が？」バナナジュースの老人が尋ねた。

「私と子供たちがです」妻が答えた。

「そうか」バナナジュースの老人は納得した。明治ブルガリアヨーグルトに「お父さんも食べたいからお父さんの分は残しておいて！」と貼り紙をしておくか、同じ内容を口頭で妻と子供たちに伝えていたのなら話は別だが、そうではなく自分の中で勝手に決めていた（なぜかそれだけで自分の意思が妻と子供たちに伝わると信じ込んでいた）だけだったのだから、食べられても仕方がないのだった。


こうして、バナナジュースの老人は「ブルガリアヨーグルトの謎」を解決した。

バナナジュースの老人は、「テレパシーの存在を否定する気はない。しかし、テレパシーより文字や声の方が、意思を伝達するのに適しているようだ」とこの事件を総括した。その言葉は、私の心のノートに深く刻まれた。

ちゃーちゃん失踪事件

バナナジュースの老人が、「テレパシーの存在を否定する気はない」と言ったのには理由があった。テレパシーによって事件を解決したことがあったからである。

敏腕刑事として、ご近所の信頼も厚かったバナナジュースの老人は、ご近所さんから事件の解決を請われることも珍しくなく、「ちゃーちゃん失踪事件」もそのうちのひとつだった。

お隣さんの田代さん一家の家猫・ちゃーちゃんが、平穏な、ほのぼのとした、陽気な日曜日の昼下がりに、忽然と姿を消した事件である。

大型商業施設での買い物、食事、映画鑑賞から車で戻ったバナナジュースの老人一家は、自宅前で待ち構えていた半狂乱状態の田代さん一家に車ごと包囲された。鑑賞したばかりのゾンビ映画が、現実を侵食しはじめたのかと、車内に複数の悲鳴が鳴り響いた。そのせいで田代さん一家の面々が口々に叫ぶ、「ちゃーちゃんが！　ちゃーちゃんが！」という言葉が、しばらく聞き取れないほどであった。ウインドー越しによく見ると、田代さん一家の面々は、ゾンビの集団というよりも、親鳥から餌を求める雛鳥の集団のように見えた。

バナナジュースの老人が状況を理解し、車を降りて、二階建て一軒家の田代さん宅に足を踏み入れた時点で、家屋内は家具という家具がすべてひっくり返されているような、とてつもない有様だった。それらは田代さん一家が、「あらゆる場所を捜し、それでもちゃーちゃんを見つけ出すことが出来なかったこと」を示していた。

バナナジュースの老人は、キッチンに足を踏み入れた。不意に、「私はバスケットゴールの網に引っかかっています」というメッセージを受信した。それはテレパシーとしか言いようのない代物だった。

「ちゃーちゃんはバスケットゴールの網に引っかかっているようです」バナナジュースの老人は、田代さん一家に伝えた。

バスケットゴールは裏庭に面した二階のベランダの外壁に取り付けられていた。田代さん一家は階段を駆け上がり、寝室を突破し、ベランダに出ると、ベランダから身を乗り出し、バスケットゴールの網に引っかかっているちゃーちゃんを発見した。ちゃーちゃんは網に手足(?)の自由を奪われ、さらに網目が猿ぐつわの役割を果たし、鳴くに鳴けない状態だったのである。

ちゃーちゃんは無事救出され、事件は解決した。

若き植村照美の悩み

これまでに紹介したバナナジュースの老人が解決した二つの事件に、あるいは肩透かしを食らったと感じている方々がいらっしゃるかもしれない。しかし、それに関して私を責めるのも、また、バナナジュースの老人を責めるのもお門違いである。私とバナナジュースの老人の対話が、食事の席でなされていたことを思い出して頂きたい。殺人事件などの凶悪犯罪に関する話が、食事の席に適さないことは明白である。

さて、ある冬の日、バナナジュースの老人の手元に、一通の手紙が舞い込んだ。数々の難事件を解決してきた敏腕刑事であるバナナジュースの老人の元に、面識のない人から手紙が届くことは決して珍しくなかった。バナナジュースの老人はそれらにきちんと目を通し、必要ならば返事を書いた。バナナジュースの老人の律儀で真面目な一面である。

さて、問題の手紙だが、それは「若き植村照美の悩み」とでも言うべき代物であった。若き植村照美の悩み。それは自身の進路についてだった。植村照美はもともとは廃品回収業者になるつもりだったが、金曜ロードショーで冒険活劇映画『インディ・ジョーンズ最後の聖戦』を観て考古学者も悪くないと考えるようになり、どちらになるか決めかね、悩んでいたのである。

バナナジュースの老人は返事を書き送った。バナナジュースの老人は多忙なうえ深酒もしており、どのような返事を書き送ったか記憶が定かでなかったが、後日、植村照美から再び手紙が届き、自身が「若き植村照美の悩み」を解決したことを知らされたのだった。手紙には、感謝の言葉が書き連ねられているだけで、それを読んでも、自分が具体的にどのようなアドバイスを書き送ったか、バナナジュースの老人自身ついに思い出すことが出来なかった。

チンプンカンプン会話事件

ここまで見てきてお分かりのように、バナナジュースの老人には、あらゆる名探偵と同様に、事件を引き寄せる不思議な力が備わっていた。その不思議な力は今なお健在であり、とうとう私たちの憩いの場であるこのアフリカ大陸の形をした木陰にまで、影響力を発揮するに至った。それこそ「チンプンカンプン会話事件」である。

ある日、南アフリカ共和国のあたりに腰をおろしていた、三十歳そこそこと思しき二人の男の会話が、バナナジュースの老人の語りの間に割り込んできた。その会話があまりにチンプンカンプンであったため、バナナジュースの老人は話を続けることが出来なくなり、平常時の倍のくりくり眼で私を見つめ、フリーズしてしまった。問題のその会話は、次のようなものであった。

「有吉って海砂利水魚だっけ？」

「海砂利水魚はさまぁ～ずじゃない？」

「さまぁ〜ずはバカルディでしょ」

「バカルディか。じゃあ海砂利水魚は？」

「海砂利水魚は、何だっけ？」

「くりぃむしちゅー？」

「ああ、そう、くりぃむしちゅーだ。アニマル梯団は？」

「アニマル梯団は、おさるとコアラでしょ」

「そうか、有吉って」

「猿岩石？」

「ああ、そうそう。猿岩石」

この会話を理解するには、ある特殊な知識が必要である。バナナジュースの老人はそれを持ち合わせておらず、偶然にも私がそれを持ち合わせていたため、この事件を解決したのは私であった。

特に思い出深い家族旅行

バナナジュースの老人には「休暇」というものがなかった。持ち前の「事件を引き寄せる不思議な力」によって、家族旅行で訪れた旅先でも事件に遭遇してしまうからである。

バナナジュースの老人が「特に思い出深い家族旅行」として語ってくれたのは、子供たちがまだ小さい頃に訪れた金沢一泊二日の旅だった。

家族は兼六園、金沢21世紀美術館、金沢城と、金沢市の人気観光スポットを巡った。

兼六園は兼六園のホームページによると、「水戸偕楽園《かいらくえん》、岡山後楽園《こうらくえん》とならぶ日本三名庭の一つ」であり、「江戸時代の大名庭園として、加賀歴代藩主により、長い歳月をかけて形づくられてき」たという。

金沢21世紀美術館は、なぜかホームページにうまくアクセスできず詳細不明だが、名前から察するに、美術作品が展示されている建造物だろう。

金沢城はお城である。

バナナジュースの老人一家は一日目に兼六園と金沢城を観光し、温泉旅館に宿泊し、二日目に金沢21世紀美術館を訪れた。

この家族旅行期間中、バナナジュースの老人一家は、バナナジュースの老人の「事件を引き寄せる不思議な力」にもかかわらず、まったく何の事件にも遭遇しなかった。まったく何の事件にも遭遇しなかったこと、それが一家にとっては事件であり、バナナジュースの老人の心に「特に思い出深い家族旅行」として刻まれることとなった要因であった。

別れ

というわけで、いささか唐突ではありますが、「バナナジュースの老人の事件簿」は以上で終了となります。次回「バナナジュースの老人のわんぱく少年時代」で再びお目にかかりましょう。

デ・ジャ・ブ

室町幕府にとって俺は存在しない。一人で突っ立っていると妙なことを考える、と砂袋吉樹は思った。フロントにはメモ用紙があった。306号室の客は女を連れて戻り、女は砂袋の目を見た。砂袋も見返したが何も起こらなかった。起こったとも言える。吉樹は女が吉樹を誘惑しベッドになだれ込み燃えあがる光景に支配されたのだ。

メモ用紙にいたずらにペンを走らせるといつも女性器が現れた。不思議だった。丸を描いて丸の中に縦に一本線を入れると女性器になる。楕円の中に小さな楕円を描くとやはり女性器になる。否。丸だけでよかった。縦に一本線を入れることも、もうひとつ丸を入れることもなかった。男のチンポは股間とくっついていて金玉とも切り離せないし、どうしても「根元」の問題に突き当たるが女性器は丸なのだ。

「明日の朝、電話するとしたら、キタキツネ」吉樹はそう書いて、その文の意味の解読に努めた。その結果「明日の朝、電話する」が重要有意味で「としたら、キタキツネ」は蛇足であると判断した。

ホテル・マーセラの電飾の美しさはネオン管を用いず電球のみで構成されていることに尽きる。絵画でいう点描画の手法だ。そんなことを平気な顔をして語る男は服を着たまま窓ぎわに突っ立ち、窓の外を見ていたが外というより窓に映った顔、窓に映った室内を見ているのだった。裕紀は窓に映る男の顔を室内のベッドから見ていた。

３０６号室の客に内線で呼ばれ砂袋は控室で休憩している澤田に連絡し澤田にフロントを任せエレベータで三階にあがった。男は裕紀にフロントに電話するように言い、フロントの男を呼べと命じ、裕紀はそれに従った。裕紀はよく人から不思議だと言われたし自分でも自分が不思議だった。ホテルマンのズボンを脱がせフェラチオした。服を脱ぐ気配のない男を見ているとそんな事の成り行きを想像してバルトリン腺液が膣を濡らすのが分かった。

ＮＢＧというのは「人間をビニールシートで包みガムテープでぐるぐる巻きにしたもの」だ。男はそう説明した。砂袋は男がＮＢＧになりたがっていると直感した。男はポケットに両手を突っ込んで窓ぎわに突っ立ったままフロントの男のことを考えていた。そんな都合よく事が運ぶとは村瀬には思えなかった。単なる空想と村瀬は結論づけたが、だからといって簡単に放棄はできなかった。

村瀬は女に謎をかけるように精液を口に入れて持ってこいと命じた。ホテルのロビーはシンメトリーではなかった。狭くて縦に細長く片側にテーブルと椅子が並んでいる。フロントから玄関の自動扉に向かって左側にエレベータがあった。手前が2号機で奥が1号機。

週刊誌を主な活動の場とするフリーライターの横溝達夫は取材ノートにロビーの見取図をささっと描いた。澤田が下番するのを待っているのである。林道に放置された車内から三人の遺体が発見された。身元はすぐに割れた。運転席に村瀬正男（48)、後部座席運転席後方に滝沢裕紀（19)、助手席後方に砂袋吉樹（23)。砂袋吉樹はホテル・マーセラの従業員だった。横溝は眠気に襲われ瞼の上から両目の端をぐっと押さえた。

エレベータが稼働する音が聞こえて砂袋はメモ用紙から目をあげた。奥の1号機から女が出てきた。女は自動扉の方に目をやり自動扉のガラスの表面で砂袋と目が合った。女は向きを変えフロントに近付いた。砂袋の前で立ち止まると「トイレ、どこですか？」と訊いた。ホテルマンは裕紀の質問の意味が分からず女を見た。トイレなら室内にあるはずだが室内のトイレが壊れて使えないのか？　女は室内にトイレがあることをど忘れしているのか？　室内のどこにトイレがあるのか、と訊いているのか？　もう帰るのか？　ただ何でもいいから喋りたいのか？　「トイレ、ですか？」と吉樹は訊き返した。「はい。トイレ」と女は平気な顔をして答える。「トイレは」と吉樹は言った。「ありますよ」

裕紀はトイレなどどうでもよくなり「卵、ありますか?」と訊いた。「卵?」と吉樹は訊き返した。「はい。卵」と女は言う。卵なら厨房にあるが料理人はもう帰った後だしまだ来ていない。厨房から取るのは面倒だし第一フロントを無人にしたくない。控室の澤田を呼ぶのも面倒だ。近くにコンビニがあるからそこに行けば手に入るかもしれない。砂袋はそう考えたが女の質問の意味はここでも了解しかねた。

新規の宿泊客が入って来て砂袋はそっちに気を取られた。手続きを済ませると重信は８０２号室の鍵を渡された。宿泊申込書には偽名と偽の住所を記入した。裕紀はフロントの内側に入り込みホテルマンのズボンを脱がせフェラチオした。砂袋の精液は裕紀の口に含まれたまま３０６号室に運び込まれた。男は扉の開閉音とそれから窓に映った室内の光景とで女が戻ったことを知った。

３０６号室の客は「明日の朝、電話しろ」と言って砂袋に携帯電話の番号を渡してホテルを後にした。

砂袋吉樹は篠田登の存在を意識している節があった。事件を取材する横溝は事件に服従するしかなく、砂袋はそのことを知っているかのようだとシナリオライターの篠田は思った。ファミリーレストランで村瀬は裕紀に吉樹をフェラチオするように命じ、吉樹に裕紀にフェラチオされるように命じ、二人に同時に席を外させた。己の謎の死を謎の死にするためには謎を解くキーを握る者を生かしておくわけにはいかない。村瀬は裕紀と吉樹のドリンクに睡眠薬を混入した。二人はトイレから戻り吉樹はドリンクに口をつけたがすぐに「まじ」と言って吐き出した。裕紀に「まずいから飲むな」と命令した。

二人は睡眠薬の効果で車に乗り込むと早々に眠り込み村瀬は林道に車を止める。ホースで排気ガスを車内に誘導し三人は排ガス自殺死体となった。篠田登は自身のシナリオを砂袋の「まじ」によって破壊されたのだった。

村瀬はそこで気が付いた。初心を思い出した、と言うべきか。自分が望んでいるのは単なる「謎の死」ではなく「強烈で、スキャンダラスで、屈辱的な死」であることを。だいたい三人きれいに車内で排ガス自殺死体になるというのは「謎の死」どころか単なる「集団自殺」だ。篠田登は村瀬はそう考えると考えロビーの見取図を描いたノートを閉じると部屋で有料のエロ番組を見ようとエレベータで六階にあがり606号室に入った。

802号室の吉岡美穂（本名・重信政子）はチェックインの時に見たホテルマンと若い女の様子に妄想をかきたてられていてもたってもいられなくなり部屋を出た。政子は部屋の錠が開かないとフロントの男に苦情申し立てた。砂袋は内線で澤田を呼び澤田にフロントを任せ政子とエレベータで八階にあがった。政子の荷物は部屋の中にあり廊下に出ていなかったが砂袋は怪訝がらず政子から受け取った鍵で難なく開錠した。政子は「そこじゃなくて、トランクの錠が開かなくて」と言って砂袋を部屋の中に誘導しホテルマンのズボンを脱がせフェラチオした。砂袋がぜんぜん戻って来ないので澤田はそんな光景を思い浮かべ勃起した。フロントのメモ用紙には複数のマンコが描かれその下に下手くそな字で「明日の朝、電話するとしたら、キタキツネ」とあった。澤田はそう書かれたメモ用紙を丸めて足下のゴミ箱に捨てた。

野草研究家兼使用済コンドームコレクターの秋吉里子が事件の第一発見者となった。秋吉は肉がたるんだ楕円の中に楕円があるような「常時開放型」のマンコの持ち主で朝早く起きて野草を摘むのと使用済コンドームを収集するのが（一カ所に六個がこれまでの最高記録）日課だったが死体を発見するのは初体験だった。その死体はお尻丸出しでうつ伏せに倒れ肛門にいちじるしい損傷が認められ血が肛門を中心に尻全体に付着していた。傍らに陰毛の多数貼り付いた長さ二十センチほどのガムテープと肛門をほじくるのに使用されたと思われる木の枝が数本、男が着用していたと思われる下着とズボンが放置されていた。

週刊誌を主な活動の場とするフリーライターの横溝達夫は秋吉里子を取材した録音テープを聴きながら車を走らせていた。殺害されたのは村瀬正男（48）だった。検視の結果死因は肛門とは関係がなかった。肛門をほじくられたのは抵抗の痕跡の欠如から死後だった。自身の「強烈で、スキャンダラスで、屈辱的な死」体を思い浮かべ村瀬が不気味に微笑するのを窓ぎわに窓を向いて立たされた裕紀は見た。村瀬は口の中の精液を卓上の灰皿に吐けと命じ、裕紀が吐くとこっちに来いと命令し窓ぎわに窓を向いて立たせ村瀬は室内中央の椅子に座った。煙草に火を点け吸い、煙を吐く。灰をホテルマンの精液の入った灰皿に落とす。裕紀は窓に映る室内の光景を見ていた。

村瀬を殺害した砂袋吉樹は村瀬が殺害の報酬に用意しコインロッカーに入れておいた一千万円入りのボストンバッグを手に入れるには村瀬の肛門に入れられたコインロッカーの鍵を取り出さなければならずそれで村瀬の肛門をほじくった。裕紀は一部始終を砂袋の傍らで見ていた。吉樹は村瀬殺害を、裕紀はその一部始終を見ていることを、依頼されたのである。銀行の防犯カメラに映らないよう裕紀と吉樹は車内で待っていた。事件はその猟奇性から猟奇殺人とも快楽殺人とも言われたがその見方が徐々に変化していった。名古屋駅構内を三人は素知らぬふりをして歩いた。吉樹と裕紀は現金の入ったボストンバッグを村瀬がコインロッカーに仕舞うのを見た。駅のトイレで村瀬が最後の脱糞を済ませるとホームセンターに車を走らせた。裕紀と吉樹はホームセンターでガムテープとゴム手袋を買った。駐車場に停めた車の中で村瀬はズボンを下ろし裕紀と吉樹の前に肛門を向けた。

裕紀にコインロッカーの鍵を渡し裕紀は受け取ったコインロッカーの鍵を村瀬の肛門にねじ込んだ。肛門が呑み込んだ鍵を吐き出さないようガムテープを千切って村瀬の股間に貼り付けた。村瀬は車を走らせ道は林道になった。立ち小便をするために村瀬は車を止めた。それが合図だったかのように「俺も」と吉樹も降りた。吉樹は手ごろな石塊を手に取りそれで村瀬を背後から襲った。後頭部に直撃するはずだった石塊は村瀬が振り向いたことで額を打ち砕いた。失禁するとともに死亡した村瀬がズボンと下着を脱がされ肛門をほじくられたのはその後だった。鍵は奥の方まで入り込んでいたためいちじるしい損傷をこうむることとなった。鍵を手に入れた吉樹と裕紀は村瀬の車で逃走した。車は遺体発見現場から五キロの車道に乗り捨てられていた。車内から村瀬の血とうんこの付いたゴム手袋が発見された。

中文社刊『迷宮・未解決事件ファイル』（中文社取材班著）ファイル3「肛門をほじくられた会社役員イン名古屋」を読んだ篠田登は事件の顛末をそう推論したが車内に落ちていたレシートからホームセンターが割り出されレジに設置された防犯カメラの映像から吉樹と裕紀は逮捕された。

澤田は制服を脱ぎながら砂袋について何を言おうか思案していた。「驚いた」とか「事件後も普通に勤務していた」とかありきたりなことしか思い浮かばなかった。フリーライターの横溝達夫は「明日の朝、電話するとしたら、キタキツネ」という砂袋吉樹がメモ用紙に書きつけたという文句を繰り返しているうちに気分が悪くなり車を路肩に止めた。

ホテルで見た有料エロ番組『卑猥な先生・お尻丸出し』が砂袋吉樹の想像力を刺激した。活け花の先生である重信政子は偽名（吉岡美穂）を使ってホテルにチェックインしホテルマンたちに輪姦される。肛門に花を活けられるシーンには驚かされた。茎はズボズボと奥の奥まで入っていった。吉樹は自分の肛門にホテルの鍵を突っ込んでみた。未知なる肛門の力に陶酔した吉樹はその行為に夢中になった。吉樹の肛門は鍵と302号室と書かれたキーホルダーを丸ごと呑み込んだ。鍵とキーホルダーがひとりでに吉樹の腹部を上昇するのに焦りを覚えた吉樹はホテルマンに助けを求めたがホテルマンでは肛門が呑み込んだものを奪還することはできなかった。救急車が要請され、病院に運び込まれた吉樹は尻に注射を打たれた。鍵とキーホルダーは無事救出されたが、吉樹は内臓を損傷しており入院することとなった。担当看護師の裕紀は入院患者の吉樹のパンツを脱がせフェラチオした。吉樹は病院の売店で中文社刊『迷宮・未解決事件ファイル』（中文社取材班著）ファイル3「肛門をほじくられた会社役員イン名古屋」を立ち読みした。砂袋吉樹は会社役員肛門ほじくり事件の犯人が自分であることを確信したが自分でないことも確信した。

ホームセンターの女子トイレは男子禁制だった。トイレでひとりになった裕紀は携帯電話で横溝と連絡をとった。中古タイヤの集積場でNBGになった砂袋は意識を取り戻した。NBGにされたという認識は砂袋史上最悪の認識だった。村瀬殺害後、裕紀は砂袋に財布を落としたと言い、村瀬殺害の妨害になることを危惧し言わなかったがそのことにホームセンターの駐車場を後にした直後に気が付いた、ホームセンターを出るまでは財布があったことは確かだだからホームセンターの駐車場に落ちているはずだと言い、砂袋にホームセンターの駐車場に戻るように言い砂袋は従った。裕紀から連絡を受けた横溝達夫は割れた車止め（コンクリートの塊）を持ってホームセンターの駐車場に待機していた。閉店し従業員も帰り灯りの消えたホームセンターとその駐車場は暗闇に包まれていた。車外に出て裕紀が落としたという財布を捜す砂袋は後頭部をガツンとやられた。NBGになった砂袋は合計五回ガツンとやられたのだったが一回の記憶もなかった。

意識不明の砂袋（横溝と裕紀は死んだと決めつけていた）とガムテープとを二人は横溝の車に運び入れた。裕紀の指示により達夫が事前に用意し持ってきたビニールシートに砂袋は包まれガムテープでぐるぐる巻きにされた。横溝の車が前を、裕紀が運転する村瀬の車が後ろを走った。横溝が適当なところで車を止め、裕紀も車を止め、横溝の車に裕紀は乗り込んだ。中古タイヤの集積場脇に車を止め、NBGになった砂袋を二人で運んだ。中古タイヤの山を登り、中古タイヤをいくつかどけて穴をつくり、その中にＮＢＧ＝砂袋を放り込みどけた中古タイヤで蓋をした。大きな仕事をやり遂げた満足感にひたった裕紀は達夫のズボンを脱がせフェラチオした。ＮＢＧにされた吉樹はどこかに放置されていることは分かったがそこが中古タイヤの集積場であることは分からなかった。手にぎゅっと握られているものがコインロッカーの鍵であることを知った砂袋は声に出さずに笑った。ビニールシートがかすかな音を立てた。

放火魔の澤田は中古タイヤの集積場に灯油をまいて火を放った。コインロッカーの鍵が砂袋の手に握られたままだと気付いた裕紀は達夫の運転する車で急いで中古タイヤの集積場に向かった。途中で消防車に道をゆずった。黒煙と炎に気付き車を止めることなく集積場脇を通りすぎた。

赤ランプの点灯は一週間以上放置されている合図だった。一週間以上放置されたコインロッカーの中身を駅職員が回収し点検したところ回収したボストンバッグの中から一千万円が見つかったニュースは話題になった。篠田登はホテル・マーセラのロビーでそれを伝える新聞記事を読んだ。

会社役員肛門ほじくり事件は謎の多い事件だった。「殺害」と「肛門ほじくり」を繋ぐ回路が求められた。

一千万円を下ろす銀行の防犯カメラの映像からコインロッカーに放置され見つかった一千万円入りのボストンバッグが殺害され肛門をほじくられた村瀬正男のものであることが判明した。

砂袋は生きている。裕紀はそう確信した。コインロッカーの鍵がないからといってみすみす一千万円を諦められるわけがない。鍵の紛失を申し出るなど問題外。紛失者の証言と中身が一致しないと返還されない。裕紀はボストンバッグの大きさや色、中身を知っていたが、中身が一千万円となっては不審に思われるだろう。帳簿に必要事項の記入も求められる。氏名、年齢、生年月日、住所、電話番号等。身分証の提示も求められる。何か手があるはずだと考え具体的な解決策は何も思い浮かばぬまま一千万円を入れたコインロッカーに行った。しかし取り出された後だった。

放火魔の澤田はNBGが男と女によって投棄される一部始終を見ていた。灯油缶の蓋があかず手こずっているところに車がやって来た。カーセックスか野外露出かとにかくエッチ関連を期待したが出てきたのはNBGだった。車が走り去ると澤田はNBGが投棄されたあたりまでタイヤの山を登った。懐中電灯で照らすと青いビニールシートの一部が見えた。ゴソッと音がした。澤田は「生きてるのか？」と声をかけNBGの反応を待った。返事はなかった。澤田は警戒を緩めなかった。バタフライナイフを片手にタイヤをひとつひとつどけ、ぐるぐる巻きにされたガムテープごとビニールシートを切った。襲ってきたら刺し殺す。砂袋は救出者に「名古屋駅」とだけ告げコインロッカーの鍵を託し息絶えた。火を放たれ砂袋は焼死体となった。澤田は一千万円を手にラスベガスに飛んだ。

火災現場脇に意識不明のまま転がっていた砂袋は消火活動に駆けつけた消防隊員によって発見され救急車で運ばれた。記憶喪失の砂袋は裕紀の訪問を受けた。裕紀は看護師の制服をコスプレショップで調達し砂袋の病室に侵入した。砂袋は放火魔に所持品（財布）を持ち去られたが放火魔に命を救われた。砂袋は火災現場脇に放置されたままほとんど身動きができなかったが地面（土）に手で小さな穴を掘りそこにコインロッカーの鍵を埋めた。裕紀が知りたいのは鍵のありかだったが、砂袋が記憶喪失では話にならなかった。

フリーライターの肩書きを利用して横溝と裕紀は火災跡を訪ね、木の枝で焼け跡をほじくりコインロッカーの鍵を捜した。身元不明の焼死体が発見された火災跡だった。頭に包帯を巻いた刑事に職務質問されフリーライターの横溝達夫だと名乗ると刑事は首肯した。頭の包帯のことを訊くと言葉を濁した。刑事の篠田登は自分はここにいるべき人間ではないと思っていた。中古タイヤの集積場の放火犯を追っている場合ではない。会社役員肛門ほじくり事件に関係したかった。篠田は犯人の顔を見たはずだったが犯人の顔だけ記憶からすっぽり抜け落ちていた。

病院から逃亡した砂袋は土の中からコインロッカーの鍵を掘り出し一千万円を手にラスベガスに飛んだ。裕紀は吉樹が記憶喪失を装っていたことを知った。一千万円などすぐバラバラになり持ち主の手から離れどこかに行った。

砂袋が生きていないとすれば死因は頭部の損傷、ＮＧＢにされたことによる窒息、火を放たれ焼死、の三つが考えられた。それでは一千万円入りのボストンバッグは誰の手に渡ったのか？

村瀬を殺害した砂袋がその場で裕紀をも殺害した。「常時開放型」マンコの秋吉里子が事件の第一発見者となった。肛門をほじくられた男が上（うつ伏せ）になり、下（あお向け）に顔面を目茶苦茶に損傷した女が下半身裸にされ膝を立て脚を大きく開いて静止していた。二人は殺害された後に重ねられたのであり野外セックスの最中に殺害されたのではないことは秋吉にはすぐに分かった。頭の方に回り込むと男の顔面もひどい損傷をこうむった状態であることが分かった。殺害に使用したと思われる頭髪と血がこびりついた石塊もすぐ近くにあった。村瀬の携帯電話の着信履歴から砂袋が浮かび砂袋は逮捕された。

村瀬は完全犯罪の被害者になるべくそのようなミスは犯さなかった。ホテル・マーセラをチェックアウトする時、口頭でホテルマンの砂袋にファミリーレストランを指定し、そこに来るように命令し、裕紀を伴った村瀬はそこで砂袋と落ち合った。村瀬は裕紀とデリバリーヘルスを通じて知り合い、二回目はデリバリーヘルスなしで落ち合い、村瀬が偽名と偽の住所で部屋をとったホテル・マーセラに入った。

横溝はホームセンターの駐車場で待ちぼうけを食らっていた。「何時になるか分からない」と裕紀から言われていたとはいえ遅すぎた。裕紀の携帯電話に連絡を入れた。殺害した裕紀のパンツを脱がしにかかると暗闇と静寂に携帯電話がブルブル震える音が響いた。携帯電話は事前に村瀬により一時没収され電源をオフにされていてしかるべきだったが、そうしなかったのは村瀬のミスだった。砂袋は携帯電話についてしばらく考えた。回収するべきか放っておくべきか。放っておくことにした。横溝は後日刑事の篠田登から事情聴取された。横溝は裕紀とはセックスフレンドでホームセンターの駐車場に呼び出された、裕紀はカーセックス、野外露出が好きで自分と趣味が合った、待っても連絡はないし来ないので電話を入れたが出なかった、と証言した。

篠田登が会社役員肛門ほじくり事件に執拗にこだわるのには特別な理由があった。篠田は犯人に車で追突されたのであり、犯人の顔を見たのであり、犯人に車のキーで頭皮をえぐられたのだった。車のキーが篠田の頭にあと少し鋭角に接触していたのなら、キーは頭に突き刺さり篠田の死は確実だった。病院で篠田は追突され、おまけに襲撃された現場からほど近い地点で会社役員肛門ほじくり事件が発生していたこと、篠田に追突した車は殺害された会社役員のものであったこと、乗り捨てられていたその車の中から会社役員の血とうんこが付着したゴム手袋が発見されたことを知った。篠田の車に追突し、篠田を襲った犯人は、同時に会社役員肛門ほじくり事件の犯人である可能性が高かった。篠田はすぐに仕事復帰したが中古タイヤの集積場の放火事件に回された。

裕紀殺害を視野に入れていた吉樹は逃走中の車内で裕紀から、財布を落とした、ホームセンターの駐車場に戻ってくれ、と言われ絶好の機会を得たと車をそちらに向けた。車をホームセンターにほど近い路肩に止め駐車場の隅でコンクリートの塊を持って待機していた横溝は裕紀が殺害されるのを見た。吉樹はホームセンターの駐車場で裕紀の頭を車のキーで突き刺し、抜くと、突き刺し、抜くと、突き刺し、抜いた。朝一番に出勤したホームセンターの主任が駐車場に滞留した血液と裕紀の死体を見つけた。

尻の穴に活け花された自身の姿が映し出されたデジタルカメラの液晶画面を見ている重信政子に「何を考えてる?」と砂袋は訊いた。政子は液晶画面に目をやったまま「あなたには思いもよらないこと」と言った。「変態女」と砂袋はうれしそうに声をつくって言った。「何だと」と政子も声をつくって砂袋に襲いかかった。ラブホテルのベッドが軋んだ。笑い声が響いた。

対決せざるを得なかった。横溝は五メートル後方でコンクリートの塊を持って立っており、裕紀を殺害した砂袋が振り返り目が合った。砂袋（車のキー）VS.横溝（コンクリートの塊）。頭を打ち砕かれた砂袋はその場に倒れた。横溝は走って逃げた。自分の車に向かって駐車場を駆け抜けホームセンターを回り込み道路に飛び出した。篠田は突然ヘッドライトの中に人間が飛び込んできて急ブレーキをかけたが間に合わなかった。人間はポンッと吹き飛んだ。横溝は即死だった。

刑事の篠田は会社役員肛門ほじくり事件は殺害された村瀬正男の自作自演ではないかと疑いを抱きはじめていた。林道に車を止めると村瀬は裕紀と吉樹に外に出るように命令し、裕紀に吉樹をフェラチオするよう、吉樹に裕紀にフェラチオされるよう命令した。裕紀は吉樹のズボンを脱がせフェラチオした。村瀬は隠し持っていたバタフライナイフで吉樹の首をスパッと切った。吉樹の喉から血が噴き出し、吉樹はあお向けに倒れた。髪をつかまれ喉を天に向けられた裕紀の首を、村瀬のバタフライナイフが横切った。裕紀の喉から血が噴き出した。村瀬は二人の血の噴出がおさまるのを待ち、足首にからまった吉樹のズボンとパンツを完全に脱がすとあお向けに寝かせ直し、裕紀の下半身も裸にするとうつ伏せに吉樹の上に重ねた。

警察署に匿名で投稿されたビデオテープには犯行の一部始終が記録されていた。澤田は林道脇の原っぱに野外セックスの盗撮目的で隠れていた。夜間の赤外線撮影のため映像は鮮明ではなかったが村瀬が逮捕された。車が走り去るとビデオカメラを止め、たった今殺害された二遺体に近付いた。女を男から引き離すとズボンを脱ぎ屍姦した。澤田は裕紀の中に射精した。女を元の位置に戻して退散した。ビデオテープに村瀬が裕紀を屍姦する場面はなかった。首を切られた男女が重ねられるところでプツッと切れていた。村瀬は屍姦の事実を認めた。

砂袋は「コインロッカーに金など入れるな」と言った。車の後をつけるバイクがあった。銀行から村瀬が大金を下ろすのを見ていた。強奪するチャンスをうかがっていた。一千万円はコインロッカーに仕舞われた。尾行者はピッキングができる仲間を呼び一千万円入りのボストンバッグを難なく盗み出した。

「ではどうしたらいいのか？」と村瀬は訊いた。砂袋は薬局で手頃なサイズの瓶を手に入れ、中身を出し、瓶の中に村瀬を殺したのは裕紀と吉樹だと書いた紙を入れ蓋をして、それを村瀬の肛門から入れる、という案を出した。ボストンバッグは車のトランクに入れておく。それは駄目だと村瀬は言った。

村瀬は自分がボストンバッグを裕紀と吉樹が知らない場所に隠し、ボストンバッグの在処を記した紙を瓶に入れ蓋をして村瀬の肛門から入れる、という案を出したが、その案は村瀬自身と吉樹双方に反対された。

村瀬が車のキーをポケットに入れるのを見た。下ろした金を入れたボストンバッグを抱えて銀行から戻ってくるのを見た。人はたくさんいた。吉樹はポケットからバタフライナイフを取り出すと車外に出て村瀬に接近し村瀬を刺した。ボストンバッグと車のキーを奪い取ると裕紀と逃走した。

村瀬は自宅で自殺した。首吊り自殺。遺書らしきものがあった。「賢者よ、死者の肛門をほじくれ」村瀬の肛門にはコインロッカーの鍵が突っ込まれていた。コインロッカーの中から一千万円入りのボストンバッグが見つかった。

ホテル・マーセラの306号室で裕紀は男が首吊り自殺するのを見た。報酬は一千万円だった。男は息絶えるとともに握りしめていた一千万円入りのボストンバッグを床に落とした。裕紀はそれを手にホテル・マーセラを後にした。

双子の建物

こんもりとした丘の上に、双子の建物があります。麓から見上げると、丘全体に生い茂る樹木が視界の大部分を覆ってしまうため、その上方の一部分が、わずかに見えるだけです。丘を上り下りする道はいくつもありますが、車が通れる道は一本だけです。頻繁にではありませんが、黄色いナンバーの軽自動車や、黒塗りのセダン、タクシー、ワンボックスカーなどが上っていき、しばらくすると下りてきます。誰かを乗せていき、誰かを下ろしてきたのでしょうか。あるいは業者で、なんらかの品物を納入してきたのでしょうか。車が走り去り、エンジンの音やタイヤが砂を噛む音がきこえなくなると、あたりは先ほどよりもいっそう静かになったような気がしてきます。上方の一部分がわずかに見えているだけとはいえ、麓から見上げるだけでも、双子の建物の違いは見てとれます。西棟は白く、東棟は黒ずんでいます。白い西棟がサナトリウム、黒ずんだ東棟が精神病院です。サナトリウムに入所が許されているのは、女性のみです。そして、精神病院に収容されているのは、男性のみです。

この丘の上の双子の建物は、もともとは小学校でした。大きな津波がきたとき、町にいた人たちは波にさらわれましたが、この小学校に避難した人たちは助かりました。津波にのまれた町は廃れ、小学校は廃校となりました。そのあと、心霊スポットとなり、それからずっと何年もたって、サナトリウムと精神病院に生まれ変わったのです。

サナトリウムに入所している人たちのなかに、地元の人はひとりもいません。みんな、遠方からやってきた人たちです。彼女たちにとっては、勝手知ったる場所から遠く離れることに意味があり、安心があるのです。かつては肌身離さず持ち歩いていた、物理的な距離を度外視して人と人とを繋ぐ電子機器は、この安心を脅かすものでしかないため、彼女たちは遅くとも入所するまでには、それらの所持もしくは使用を放棄しています。サナトリウムの談話室や共同寝室の窓から見える、自分の記憶と結びついたものがなにもない風景、廃れた町や、丈高く生い茂るセイタカアワダチソウ、その向こうに広がる海原。彼女たちはぼんやりとそれらを見つめます。それらを見つめていると、頭も心も空っぽになります。この空っぽの状態、無心になることこそが、彼女たちにとってはなにより心地よく、大切に思えるのです。

しかしそれは、サナトリウムの女性たちに限った話で、遠方からやってきたという共通点はあるにしろ、精神病院の男性たちはそうではありません。彼らには電子機器はもちろんのこと、なにかを所有することは許されていませんし、壁が黒ずんでいることからもわかるように、管理が行き届いておらず、鉄格子が嵌められた窓は、白っぽい埃で汚れ、中からはろくに外は見えませんし、たとえなにか見えたとしても、それは海ではありえません。サナトリウムに遮られて、精神病院から海は見えないのです。

かつての小学校時代は、この三階建ての双子の建物は、上から見るとHの形をしており、その二階部分に両棟を繋ぐ渡り廊下がありました。しかしいまは取り壊されています。さらに精神病院は、高い鉄条網と有刺鉄線に周囲をぐるりと取り囲まれており、両棟を行き来することはできなくなっています。

サナトリウムの談話室や共同寝室からは海が見えますが、ひとたび廊下にでると目に入るのは、この黒ずんで古びた怖ろしげなコンクリートの塊、堅牢な鉄格子、白く汚れた窓、風雨にさらされ錆びついた鉄条網、錆によりより一層トゲトゲしくなった有刺鉄線です。女性たちはどことなく厳粛に、それらを見つめます。笑うことはありません。目が汚れると文句を言うこともありません。海を見るときとは違う、どこか慈しむような、考え込むような、夢見るような、そんな不思議な見つめ方をします。彼女たちはなにを思って見つめているのでしょうか。苦しみにあえぐ男性たちが、無事に恢復することを願い、祈っているのでしょうか。どうやら、そうではなさそうです。

サナトリウムの女性たちに、日課というものがあるとすれば、それは生活空間を清潔に保つために、毎日午前中に実施される掃除、洗濯くらいです。白いタイル張りの共同寝室、白いシーツ、白い陶器の便器、浴槽、鏡、窓、長いリノリウムの廊下、ステンレスのシンク、どこもかしこもきれいすぎるくらいきれいなのですが、それでも彼女たちは毎日清掃に励んでいます。一日二日休むことなど、誰も考えもしません。彼女たちにとって、汚れは徹底的に排除されるべきものなのです。

精神病院からは頻繁に、昼夜を問わず、男性患者たちの苦悶の叫び声が洩れきこえてきます。サナトリウムと精神病院は隣接していますから、それゆえ洩れきこえてくるというわけではありません。津波のあと、町の人口は一気に減りましたが、まったくの無人になったわけではなく、また、復興とともに、人口はそれなりに回復しました。そのため、患者たちの叫び声を、外部に垂れ流すわけにはいかず、病院内は防音加工が施されています。それではなぜ、サナトリウムにいながら、患者たちの苦悶の叫び声がきこえてくるのでしょうか。それは、サナトリウムの東側、廊下の壁に、いくつものスピーカーが、巧妙に埋め込まれているためです。病院内に設置されたマイクが拾った音声が、これらのスピーカーから流れるようにしているのです。就寝時は音量が下げられますし、雨音がうるさい日は音量が上げられたりします。

女性たちは黙々と、敬虔な様子で、雑巾を絞ったり、シーツをまとめて洗濯乾燥機に押し込んだり、洗剤を吹きかけたりしながらも、耳はスピーカーから洩れきこえてくる音を拾っています。音から、なにが行われているかを知ろうとしています。果たして私が提案した治療法は採用されたのだろうか、と。

スピーカーが埋め込まれているのは、談話室や共同寝室のある二階と三階だけです。一階は業者の出入りがありますし、一階にある調理室ではコックさんをはじめとした調理スタッフが立ち働いています、また、同じく一階にある事務室には事務員がおり、いわば一階は町の一部と見なされているのです。

彼女たちには、二つの方向があります。精神病院の方向と、海の方向です。海を見ていると、心が洗われます。癒やされます。きれいになります。すると、アイデアが浮かびます。それを紙に書きとめると、スミレ先生に渡します。

スミレ先生は、ほっそりとした背の高い男性で、色白で透き通るような肌をしています。スミレ先生は、ある意味目が見えません。スミレ先生に見えるのは、黄色い帽子をかぶった女性だけです。スミレ先生は土、日、祝日はお休みしていますが、平日は廊下を行ったり来たりしていて、黄色い帽子をかぶった女性にだけ声をかけます。黄色い帽子は子供の印です。黄色い帽子をかぶっていると、スミレ先生に少女として接してもらえます。スミレ先生はとても優しくて、みんなの人気者です。紙を渡すと、精神病院に届けてくれます。スミレ先生はサナトリウムの二階と三階に出入りする唯一の男性で、東棟への架け橋ともなっているのです。スミレ先生は男性ですが、おちんちんがないといわれています。本当かどうかはわかりません。ですが女性たちは、そう信じているからこそ、スミレ先生を信頼しているのではないでしょうか。

もともとスミレ先生は、精神病院の患者だったといいます。精神病院はサナトリウムとは対称的に、不潔極まりない劣悪な環境です。掃除などろくにされず、洗濯や入浴などもおろそかにされています。トイレはよく詰まり、糞尿で溢れかえることも日常茶飯事です。すぐに修理されることはまずなく、しばらくそのまま放置され、ひどい悪臭を放つにまかされます。手洗い、うがいが奨励されることはなく、黒ずんだ使い古しの割り箸で粗末な食事を口に運び、お腹を壊してひどい下痢糞を飛び散らせます。トイレットペーパーはなく、新聞紙やチラシで拭きます。こんな環境ですから、せっかく女性たちが知恵を絞って考案した治療法も、まったく効果を発揮してくれません。背中をムチで打たれたり、水風呂で半身浴をさせられたり、そういった治療はむしろ、患者たちを苦しめるばかりのようなのです。女性たちの期待はいつも裏切られます。薄暗いじめじめしたナメクジの背中のような廊下の隅に、毎朝、パンのかけらや肉片が係員によってさりげなく慎重に捨て置かれます。それらはネズミたちの餌です。精神病院ではネズミが駆除されるどころか、積極的に育てられているのです。

スミレ先生が患者だったある日のこと、スミレ先生は全裸にされ、ベッドに仰向けに寝かされ、大の字にひろげられた両手両足をロープでベッドの支柱にくくり付けられました。裸でベッドにくくり付けられたまま、ロウソクのロウを地肌に垂らされることで、患者は正気に戻る、とある女性は考えたのです。治療に当たる黒いマスクをした係員は、女性が提案した通りの治療を施しました。残念ながらそれでスミレ先生が正気に戻ることはありませんでしたが、治療後、予期せぬ事故が発生しました。係員が、スミレ先生の縛めを解くのを忘れてしまったのです。スミレ先生にとっては、怖ろしい一夜となりました。スミレ先生は、ネズミにおちんちんを囓られてしまったのです。しかし、怪我の功名とでもいうのでしょうか、スミレ先生は囓られて正気に戻り、精神病院からの初めての恢復者となり、サナトリウムで働くこととなったのです。

患者たちは、己の病に苦しみ、不潔極まりない劣悪な環境に苦しみ、慢性的な下痢に悩まされ、過酷なだけで不毛な治療に苦しめられています。しかしそれだけではまだ足りないとでもいうのでしょうか、患者たちの苦しみにさらなる拍車をかけるものがあります。それは幽霊です。精神病院には頻繁に幽霊が出るのです。このもと小学校が過去の一時期、心霊スポットとして栄えたのはそれゆえであり、そしてその後訪れる者が途絶えたのもそれゆえでした。本当に出るため、シャレにならないと誰もが敬遠するようになったのです。このもと小学校がサナトリウムと精神病院に生まれ変わるとき、サナトリウムの方は除霊しましたが、精神病院の方はあえて除霊しませんでした。そのためいまでも出るのです。係員が退勤した後の夜中の叫び声は、患者たちが幽霊に脅かされているなによりの証拠です。とてつもない恐怖に、患者たちは眠ることもままならないのです。

眠れない患者たちのなかに、ジャーナリストの田村がいます。田村はこの複合施設の異常な実態を嗅ぎつけ、その高く鋭い鼻をくんくんさせすぎたために、この施設に収容される羽目に陥った男性です。田村以外の男性たちは、引きこもり、ドメスティック・バイオレンス、性犯罪などで、家族のお荷物となっていたところを拉致されてきた人たちです。家族は、表面上は戸惑ったり躊躇したり良心の呵責にさいなまれたりする素振りを見せて、対面した使者に自分が人情や義務感、責任感、常識的な倫理観の持ち主であることをアピールしようとしますが、しかしそれは所詮虚しい努力でしかなく、最終的には引き渡しに同意するのでした。家族は、お荷物がどこに連れ去られたのか、お荷物がどのような扱いを受けているのか、使者が実のところ何者だったのか、知りません。知りたくもないし、考えたくもない。彼らは、長年の重荷からやっと解放され、ようやく平穏な日常を手に入れたのです。

精神病院に収容され、数ヶ月がたち、廃人同然になった田村は、汚れて湿った段ボールに半裸の状態で横たわり、闇を見つめ、待合室のことをぼんやりと考えていました。昼間に彼は、丘の麓にある待合室に十五分間閉じ込められる、という治療を受けたのです。待合室は極寒でした。巨大な冷凍庫でした。そこには凍った男性たちが収容されていました。一番目立つ場所で見知った男性が、凍った状態で田村を出迎えました。それは田村に情報をリークした、もと使者の男性でした。いつか自分もここで凍ることになるのだろう。田村はそう思いながらも、なぜここが精神病院のなかではなく、麓にあるのか、なぜ待合室などと呼ばれているのだろうかと、ジャーナリストらしい疑問を抱いたりしました。闇を見つめながら、ぼんやりと考えていると、なんとなく答えがわかったような気がしてきました。あそこはきっと、次の津波がくるのを待つ場所なのだ。

＊

精神病院の患者にとってはいざ知らず、サナトリウムは入所者にとっての終の住処ではありません。ここは羽を休める場所、傷を癒やす場所であり、ゆっくり休んだら、女性たちはここを出て行きます。そのころには彼女たちは、いろいろなことがわかっています。なんとなくですが、わかっているのです。スミレ先生にはたぶんちゃんとおちんちんがついているであろうこと。精神病院にはたぶん患者などひとりもいないであろうこと。よって係員もおらず、いるのはエンジニアで、サナトリウムの一階のどこかの部屋に陣取り、インターネット上のどこかで拾ってきた音声を流しているのであろうことなどです。

彼女たちはサナトリウムにいるあいだ、様々な情報に接しますが、そのどの情報ももとをたどればマダムに至ります。マダムはサナトリウムの生き字引のような存在で、この施設の運営者だとも噂され、多くを語らず、談話室の安楽椅子で、いつもにこやかにしています。そこから海を眺めています。

土井やつひ（どいやつひ）
1980年生まれ。岐阜県出身。

ジンプリチシムス

2024年10月29日　初版第1刷発行

著　　者　土井やつひ
発 行 者　中 田 典 昭
発 行 所　東京図書出版
発行発売　株式会社 リフレ出版
〒112-0001　東京都文京区白山 5-4-1-2F
電話（03）6772-7906　FAX 0120-41-8080
印　　刷　株式会社 ブレイン

ISBN978-4-86641-801-8 C0095
Printed in Japan 2024